講談社文庫

風神雷神(下)

柳 広司

講談社

目次

雷の章

風の章（上巻）

風神雷神

雷の章

十四　扇は都たわら屋

元和《げんな》
と元号が改まって八年がたった。
この年、京で流行した『竹斎《ちくさい》』なる仮名草子《かなぞうし》に〝京で一番〟を謳《うた》われる見世《みせ》（店）の名前が挙げられている。

帯は二条通《にじょうどおり》の百足屋《むかでや》
頭巾は三条唐物屋甚吉《さんじょうからものやじんきち》
数珠《じゅず》は四条寺町海老屋《しじょうてらまちえびや》が仕立てたる

そのなかに、

扇は都たわら屋が　源氏《げんじ》の夕顔《ゆうがお》の巻　絵具《えぐ》をあかせてかきたりけり

という一文が見られる。

「俵屋《たわらや》」は、いまや〝京で一番〟の扇屋であった。

俵屋で売り出す絵扇はいずれも、空前の扇ブームともあいまって、京のひとびとのあいだでもてはやされ、飛ぶように売れた。

空前の扇ブーム

と書いた。

実際は、京のひとびとが「もてはやし」、競って買い求めるのは俵屋の絵扇ばかりだ。他の扇屋や扇職人らがあれこれ手を尽くし、品を変えてみたものの、ほとんどお手上げ状態。商売は、俵屋のひとり勝ちであった。しかも、その俵屋を切り盛りしているのが、かつて周囲の者たちから、

――少し足りないのではないか。

と噂されていた織物屋「俵屋」のあの末息子だという。久しぶりに京を訪れた者はこれを聞いて、俄《にわか》には信じられない思いで首をひねるばかりであった。

八年前のあの日。

本阿弥光悦《ほんあみこうえつ》からの誘いを断り、店に戻った伊年《いねん》はその足で俵屋主人・仁三郎《にさぶろう》の部屋を訪ねた。

数日前から体調をくずして寝込んでいた仁三郎は、驚いたことにすでに床《とこ》をあげさせ、きちんとした着物にきがえていた。正座して伊年を迎えた仁三郎は、まるで伊年が来るのを予期していた様子である。

伊年は仁三郎と正対してすわった。床《ゆか》にぴたりと両手をついて、頭を下げる。

――これまで勝手気ままにやらせて頂き、ありがとうございました。

と礼を言った伊年は、床に視線を落としたまま、

――これからは、一意専心《いちいせんしん》、俵屋の商売のために働くつもりでございます。どうか俵屋を自分に継《つ》がせてください。

と、養子にもらわれてきて以来、はじめて自分から正式に申し出た。

頭を上げると、安堵《あんど》した様子の仁三郎と目が合った。顔色が悪いのは仕方がないが、頬にはうっすらと赤みがさしている。

「あんたは、ほんまにそれでエエんか？」

仁三郎が念を押すように訊《たず》ねた。伊年は一瞬意味をはかりかねて小首をかしげ、それからあっと思い当たった。

仁三郎は、本阿弥光悦がちかぢか鷹峯《たかがみね》に移り住むことも、そこに紙屋《かんや》の次男坊・宗《そう》二《じ》がついていくことも、すでに知っているのだ。考えてみれば、本阿弥家も紙屋も同じ町内、俵屋の目と鼻の先だ。近所で噂になっていないはずはない。

伊年が俵屋を出て光悦についていくのは、次男坊の宗二が店を離れるのとはわけがちがう。仁三郎は俵屋の行く末を心配していた。心配していながら、これまでひとことも口に出さなかった。伊年のしたいようにさせてくれていた——。

伊年はふいに胸を突かれ、無言のまま、あらためて頭を下げた。

「これからは、宗達《そうたつ》と名乗りなはれ」

仁三郎の声に、伊年は顔を上げた。

〝宗達〟は、茶の湯をたしなむ仁三郎が茶会のときに用いてきた「号《ごう》」だ。俳号《はいごう》、雅号、芸名、筆名《ひつめい》などと同じく、仲間内で通じる符丁《ふちょう》で、たとえば千利休《せんのりきゅう》の実名は与四《よし》郎《ろう》。人口に膾炙《かいしゃ》する〝利休〟の名は、秀吉が禁中《きんちゅう》茶会を催したさいに贈られた「号」である。

「この歳になると、茶の湯もしんどなってきた。〝宗達〟なんぞ、珍しい号でもないけど、これからはあんたが使いなはれ」

と仁三郎は目を細め、笑みを浮かべた。

「屋号が俵屋で、店の主人が伊年（稲）のままでは、いくら何でもおかしいやろ。主人の方が位負《くらいま》けしすぎや」

仁三郎はそう言って、肩の荷をようやく下ろしたような晴れやかな笑顔を見せた。

伊年、改め宗達。

かれが俵屋の主人となって最初に行ったのは、店で雇っている絵職人たちに「俵屋の絵手本を自由に見て良い」と宣言することだった。

絵手本。

店に伝わるデザイン帳のことだ。

絵手本は、絵の流派ごと、また店ごとに異なり、それぞれの作品・商品を特徴づける。ことに絵師と呼ばれる者たちにとって、この時代、絵手本は「流派の生命線」と見なされていた。狩野《かのう》派にせよ土佐《とさ》派にせよ、あるいは長谷川《はせがわ》派の者たちにせよ、絵手本はふだんは筐底《きょうてい》深く隠され、あたかも秘儀《ひぎ》のごとく限られた者にのみ伝えられるのが普通のやり方であった。

……このあたり、日本の芸道《げいどう》の悪いくせである。

宗達は俵屋の絵手本を開放し、店の職人たちなら誰でも自由に写して使えるようにした。

もっとも、ここでいう「俵屋の絵手本」とは、宗達個人が物心つく前からせっせと模写《もしゃ》し、描き溜めてきた大量の図柄、デザイン帳のことである（かれが養子に入る以前の「俵屋の絵手本」もあるにはあったが、いかんせん野暮《やぼ》すぎてとうてい使える代物《しろもの》ではなかった）。

俵屋ではどの図柄を使い、どの図柄を使わないか。

また、それらの図柄にどんな色を置き、扇面にどう配置するか。俵屋に雇われた絵職人たちは、そういったことを店の絵手本から学び、扇を製作する。

職人の下絵と仕上がり具合を〝店の主人〟である宗達が確認し、かれが認めたものだけが「俵屋（ブランド）の扇」として流通するという仕組みだ。

不思議なもので、同じ絵手本を用いながらも、ある職人が描く絵は多く宗達に認められ、別の職人が描く絵は逆に十に一つも認められなかった。これぱかりは美的センスの問題としか言いようがない。

職人の収入は出来高《できだか》制《せい》。

宗達に認められない絵職人は金にならないので必然的に辞めていき、宗達が認めた絵職人だけが俵屋に残った。

店裏に設けられた作業場で、かれらは日々、「俵屋の扇」を製作する。

俵屋の扇が他の店の扇にはないはっきりとした特徴——明確な世界観——を持ち得たのは、絵手本の作成者が宗達個人であったためかもしれない。

俵屋の扇は、京のひとびとに受けた。

最初は目の肥えた趣味人《しゅみじん》たちに。

それから、あっというまに京で一番の人気商品になった。

八年間。

宗達は、俵屋の主人として忙しく働いた。

作業場で扇職人たちの仕事ぶりを監督するばかりではない。店表に立ってお客の相手をするのは無論、町《ちょう》の寄り合いなどにも積極的に顔を出し、俵屋の評判を落とさないよう、また大口の取引先に贔屓《ひいき》にしてもらうために、必要ならば腰を低くし、頭を下げてまわることも覚えた。

――少し足りないのではないか。

――もうちょっとしっかりしてもらわんと。

――昼あんどん。

そんなふうに陰で囁《ささや》かれていた俵屋の〝ぼんさん〟と同じ人物とは、とても思えぬほどだ。昔からかれを知る番頭《ばんとう》の喜助《きすけ》などは、いまでも時折小首をかしげているくらいである。

そのおかげかどうか。

俵屋の扇は飛ぶように売れた。

ひとびとは競って俵屋の扇を買い求め、いまでは「京一番の扇屋」と謳われるまでになった。

宗達は俵屋の主人として、また時には絵職人に交じって、朝から晩まで忙しく働き続け、たいていはくたくたになって布団にもぐりこむ（かれにとっては人付き合いはやはり苦手な、疲れることに変わりなかった）。眠りに落ちる寸前、まぶたを閉じた暗闇のなかに、ふと、本阿弥光悦の顔が浮かぶことがあった。

鷹峯への誘いを断った瞬間、光悦が音もなく微《かす》かに笑う気配を感じた。光悦は断られることを予期していた――。

そんな気がした。しかし。

不思議でならなかった。

宗達自身、答えを口にするまで、光悦の誘いを受けるつもりでいたのだから。

〝本阿弥光悦と一緒に行けば、己一人では決して届かないはるかな高みに手が届く。見たこともない世界を見ることができる。誰も聞くことのできない音を聞くことができる〟

あるいは、

〝本阿弥光悦だけが、作品を通じて本当の自分を理解してくれている。本当の意味で理解し合えるのは、この世でただ一人、本阿弥光悦だけだ〟

そんなふうに思っていたはずなのだ。

いったい何が光悦の誘いを断らせたのか？

正直なところ自分でもよくわからなかった。

阿国《おくに》の舞台や、扇が空から舞い落ちてくる光景、養子にもらわれてきた日に振《ふ》り仰《あお》いだ仁三郎の顔といったものが、ごちゃごちゃになって頭のなかに浮かんだ。そして、気がついたときには断りの文句を口にしていた。

たしかに、俵屋を放り出すわけにはいかなかった。

周囲から「少し足りない」と思われていた幼い自分に目をとめ、はじめて認めてくれた仁三郎への恩義もあった。だが。

それだけではなかった。

光悦が目指すものとの微妙な方向性の違い。この先はもはや人ではない領域に踏み込んで行きそうな恐怖。狭いところへわけいってしまうのではないか。精密に整えられた、息を吞むほど美しいが、あまりにも純粋であるがゆえに風の吹かない世界……。

たいていは、そのあたりで眠ってしまう。

とことん考えたことは一度もない。その必要も感じなかった。

宗達は光悦から離れ、京のまちなかに己の身を置くことを決めた。

じつはそれが、光悦にとってはたとえ望んでも許されぬ選択肢であったのだと、宗達は後になって知った。

宗達が光悦の誘いを断った一件と時を前後して。——

徳川家康《とくがわいえやす》は、かつての主家・豊臣《とよとみ》家に対して全面的対決を宣言する。

最初の火だねは、秀吉の息子・秀頼《ひでより》が、六丈三尺の巨大な金銅仏建立《こんどうぶつこんりゅう》にあわせて方《ほう》広寺《こうじ》に納めた高さ三メートル余りの鐘《かね》に刻ませた文字であった。

家康は、

「秀頼が鐘に刻ませた『国家安康』には『家康』の文字が隠されている。これは安の字をもって『家康』の名を引き裂き、呪詛するものだ。秀頼は鐘を撞《つ》くたびに『家康』を撞き殺そうとしている」

と言って豊臣方を責めた。

〝いんねんをつける〟という言葉がある。

誰がどう見てもいいがかりであった。

家康は豊臣側の懸命の弁明にはいっさい耳を傾けず、豊臣方の本丸・大坂城への攻撃を旗下《きか》の者たちに命じた。

家康はこの時に備えて、早くからイギリス・オランダなどの商人からヨーロッパ製の大砲などを購入している。砲弾用の鉛や火薬、兵糧《ひょうろう》の備えもじゅうぶんであった。

一方の豊臣方は慌てて軍需物資《ぐんじゅ》調達にはしりまわり、豊臣に味方する武将たちに声をかけて、ともに大坂城に立て籠《こ》もった。

慶長《けいちょう》十九年十月、両軍の間で火ぶたが切られた。

徳川方は二十万近い軍勢で城を取り囲んだが、大坂城は〝金城《きんじょう》〟の異名どおり難攻《なんこう》不落《ふらく》、容易には落ちない。

両軍に少なからぬ犠牲者《ぎせいしゃ》を出した後、いったん和議《わぎ》が結ばれることになった。

ところがその後、大坂城二の丸の堀の埋め立てを巡って、双方はふたたび対立。

翌慶長二十年四月末から二度目の戦闘が開始された。

五月七日、徳川側の軍勢が城内に突入、本丸を占拠する。

大坂城は炎上、焼失。淀殿《よどどの》、秀頼母子《おやこ》は城内で自害して果てた。

戦いに勝利した家康は、豊臣氏を容赦《ようしゃ》なく族滅《ぞくめつ》する。

秀頼の八歳の息子は伏見に逃げたところを捕らえられ、京の六条河原《ろくじょうがわら》で斬首《ざんしゅ》。

七歳の女の子だけが東慶寺《とうけいじ》の尼《あま》となって生き延びた。

豊国社《とよくにしゃ》は破棄。

秀吉が死後与えられた神号《しんごう》は剝奪《はくだつ》。

という徹底ぶりである。

ここにおいて、東国・江戸に幕府を開いた徳川家康による天下統一がついに完遂《かんすい》する。元和偃武《げんなえんぶ》。〝焦らぬ男〟〝諦めない男〟家康がついに手にした天下の覇権《はけん》であった。

時に七十四歳。――家康はまだ手を緩めない。かれは休むことなく、秩序を乱す異物の駆逐《くちく》と支配システムの構築を着々とおしすすめてゆく。

目障《めざわ》りなカブキ者どもをイタズラ者と呼ばせることで淘汰《とうた》した家康は、次に〝地上の権力を絶対としない〟キリシタンを国外に追放。さらなる標的としたのが文化人であった。

大坂城落城直後の慶長二十年六月某日。

思いもかけぬ人物が家康に切腹を命じられる。

古田織部《ふるたおりべ》。

元は秀吉の同朋衆《どうぼうしゅう》。関が原の戦い後は家康に従い、一万石《ごく》を知行《ちぎょう》する大名だ。が、織部の名はむしろ茶人、文化人として広く世に知られていた。若くして利休に認められ、のちに利休の茶を離れて一派を築いた、きらめくような才能の持ち主だ。茶席のみならず、庭園、陶芸でも「織部好み」と呼ばれる独自の意匠《いしょう》を流行させた。

織部切腹の表向きの理由は〝豊臣方への内通〟だが、それを額面どおり信じる者はほとんどいなかった。

〝織部の美的センスはカブキに通じる〟

〝地上の権力を絶対としないという意味では、織部の美はキリシタンと同じである〟

家康がはっきり口に出して言ったわけではないが、織部切腹の本当の理由についてそう感じた者は少なくなかった。

当時、京のまちで古田織部とならんで「時代を代表する文化人」と目されていたのが本阿弥光悦である（茶の湯では、織部は光悦の師匠にあたる）。

いまや天下に並ぶ者なき権力者・家康には、どんないいがかりも可能だった。光悦がもし家康の下知《げじ》を無視して洛中《らくちゅう》に居続けたとしたら、織部と同じ道をたどっていた可能性はきわめて高い――。

そうなる前に本阿弥光悦は洛中を離れ、一族郎党をひきつれて鷹峯に隠棲《いんせい》した。権謀術数《けんぼうじゅつすう》渦巻く京のまちに背を向け、己の信奉者《しんぽうしゃ》である工人・職人たちとともに新天地で芸術村を作り上げる。

これもまた一つの見事な処世術《しょせいじゅつ》というべきだろう。

宗達は最近、気がつくと仕事の手をとめ、思いに耽《ふけ》っていることがあった。

この数年。

じつに色々なことがあった。

目まぐるしく移り変わったのは世の中だけではない。

宗達の周囲も信じられないほど様変わりした。

きりりとしっぽを巻き上げた黒毛の子犬のようだった年少の友人・紙屋宗二は、光悦について鷹峯に移住した。

いまでは「紙師宗仁」を名乗り、もっぱら光悦が書画《しょが》に用いる料紙《りょうし》の調達に奔走《ほんそう》している。鷹峯移住後、宗仁は版木《はんぎ》摺《ず》りの「から紙」の新工夫にくわえ、色変わり料紙の継《つ》ぎ紙《がみ》にも独創的な工夫を凝らして、光悦の称賛《しょうさん》を得たという。また、京と鷹峯を頻繁《ひんぱん》に行き来し、鷹峯で制作される美術工芸品を裕福な町衆や公卿《くぎょう》に紹介する美術プロデューサー的な役割も担《にな》っている。宗仁は俵屋にもしばしば顔を出し、光悦の注文だといって、さまざまな下絵の依頼をしてゆく。

宗仁が置いていく料紙はいずれも見事な出来栄えだ。宗達の側でも、俵屋の商売に支障《ししょう》を来さない範囲で極力注文を受けるようにしていた。

古くからのもう一人の友人である角倉与一《すみのくらよいち》は――。

かれの立場は、もう少し複雑であった。

大坂の陣がはじまると、与一は角倉一族を束ねて家康側につき、高瀬舟《たかせぶね》を提供。武器弾薬・兵糧運搬の役を担った。この方針は、亡父・角倉了以《りょうい》の遺言《ゆいごん》であったらしい。

その功が認められ、大坂の陣の後、与一は淀川《よどがわ》水運の過書奉行《かしょぶぎょう》に任じられる。

運河通航利権を独占できる立場だ。

京に物資を運ぶ淀川・大堰《おおい》川水運は途方もない利益を角倉家にもたらした。

そのわずか三年後に、与一はすべての家督《かとく》を二人の息子に譲りわたし、二条木屋町通の本宅から嵯峨野《さがの》に隠棲する。

いまは「素庵《そあん》」を名乗り、古籍《こせき》の校訂《こうてい》を中心とする文化事業に携《たずさ》わっている。

最近は体調が思わしくないらしく、一月《ひとつき》ほど前に宗達が見舞いに訪れたときも奥の座敷に伏せっていた。立つと目眩《めまい》がしてならないという。ちょうど居合わせた医師の話では、心の臓が弱っている、長年の過労がたたったのではないか、という見立てであった。

与一は、火の玉のような父・了以に認められようと、子供のころから無理をしつづけていたのかもしれない。

宗達自身の身の上にも、じつを言えば、大きな変化があった。

仁三郎から店の主人の座を譲り受けてまもなく、周囲に勧《すす》められるまま妻をめとった。

四十過ぎての遅い結婚だ。

相手は堺《さかい》で手広く商売をやっている商家の娘。

名を「みつ」という。

当時、堺は京と並び称される豊かな文化都市であった。良港を有し、陸路の要衝を占める恵まれた環境のもと、裕福な商人たちの手で自治が行われてきた。日本の歴史上はじめて出現した商業ブルジョアジー都市といえよう。

かつてこの町を訪れたイエズス会宣教師ルイス・フロイスは堺を「日本のヴェネチア」と呼び、またジョアン・ロドリゲスは堺について「大きな特権と自由を有し、共和国のごとき政治を行っている」と驚きをこめた表現で本国に報告している。

婚礼の席で、宗達ははじめてみつに会った。

婚礼用の衣装を身にまとい、白塗りの丸顔――というか、体全体がまるい印象だ。

みつはちょんと紅を置いた唇《くちびる》をすぼめるようにして、

――末長く、よろしゅうおたのみもうします。

と畳に手をついて挨拶した後、ひょいと顔をあげ、糸のように細い目の端に笑みを浮かべた。

あとでわけを訊ねたところ、宗達のぽかんとした顔がよほどおかしかったという。

「あンときは、ふき出さんようにするのに、苦しゅうて、もう……」

と思い出したらしく、このときは遠慮なく腹を抱え、けらけらと声を上げて笑った。

裕福な商家の女ばかり三人姉妹の真ん中、なぜか一人だけ嫁《い》き遅れていたというみつは、良く笑う、陽気《ようき》な女性だった。時にばかがつくほど陽気な、明るいみつの性格は誰からも好かれた。人付き合いの苦手な宗達とは似合いの夫婦といっていい。

子供もできた。

女の子ばかり二人。

「多鶴（たづ）」と「鹿栄（かえ）」。

二人の名付け親となったのは先代の仁三郎だ。宗達がかつて光悦とともに作り上げた見事な二つの絵巻を念頭においての命名だろう。

仁三郎は長く寝たきりの生活を続けていたが、二人目の女児が無事生まれたのを見届けて間もなく、息を引き取った。臨終《りんじゅう》の床で宗達夫妻の顔に交互に目をやり「これで俵屋も安泰《あんたい》や」と最期《さいご》にほっと息をついた仁三郎は、葬儀に訪れたひとびとが驚いたほどの安らかな死に顔であった。

扇は都たわら屋。

先代の仁三郎が夢見たとおり、俵屋はいまや「京で一番」の扇屋となった。

俵屋の扇絵の美しさ、またその絶妙なデザイン性は、趣味の良い京のひとびとの目を楽しませた。

なかには「扇を屏風《びょうぶ》に貼って、いくつもの扇絵を同時に楽しみたいから」といって、「(最初から骨を外した)扇絵だけ」を求めに来るお客もあった。

一度に十数本の扇をまとめて買ってくれる。

商売としては悪い話ではない。

その代わり、

画題を統一してほしい。

という。

店の主人としてお客からの注文を聞いた宗達は、首をかしげ、しばらく考えた後で、

——ほなら、いっそ屏風ごとうちで用意しまひょか。

と提案してみた。

注文主は手を打って喜んだ。

——そうか。そやな。そうしてもらえるんやったら、貼る手間が省ける。

貼る手間もなにも、俵屋で作業をするなら、じかに屏風に扇絵を描けば良いだけだ。

いずれにしても、折角受けた注文である。たんに屏風に扇絵を描くだけでは芸がな

い。

　宗達は屏風に流水を描き、十数枚の扇絵をその流れに浮かべた。上流から順に絵物語が展開する工夫である。

　屏風を届けると、注文主はいたく御満悦《ごまんえつ》の様子で、じきに「もう一枚、別の屏風を」という注文があった。

「扇面流図屏風《せんめんながしずびょうぶ》」は京のひとびとのあいだで評判を呼び、俵屋に屏風絵の注文が殺到するようになった。扇屋なのか、屏風屋なのか、わからないほどだ。

　たまたま俵屋を訪れたみつの父親がこの有り様を見て、「どやろ、今後は扇ばかりやのうて、絵屋として手広く商売をしてみては」と宗達にもちかけた。

「そのための費《つい》えは、みんなうちでめんどうをみるさかい」

　義父の強い勧《すす》めに押し切られるかたちで、宗達は「絵屋」の看板を掲げて商売をはじめた。

　――屏風絵、絵巻、掛物《かけもの》、貝絵《かいえ》、カルタなど、何でも絵付け致します。

　というわけだ。上京小川《かみぎょうおがわ》に加えて、四条万里小路《しじょうまりこうじ》、六波羅《ろくはら》にも見世を出し、さまざまな商品（既製品）を、見本をかねて派手に並べた。

（こんなに手ぇ広げて、ほんまに大丈夫やろか？）

　首を傾げる宗達の心配をよそに、「絵屋」俵屋の商品は飛ぶように売れた。

京のひとびとの購買意欲は盛んだった。戦乱の世の間、長くおさえつけられてきた所有欲が解放され、反動で京のひとびとは貪《むさぼ》るように〝ちょっとした贅沢《ぜいたく》品〟を欲していたのだ。俵屋が提供する商品は、かれらの要求にちょうど合致していた。殊《こと》に季節ごとの移り変わりを描いた短冊は、手頃な値段設定ともあいまって、たちまち京のまちで知らぬ者なき人気商品となった。

商売繁盛。

家庭円満。

子宝にも恵まれた。

地に足がついた生活、とはきっとこんな感じを言うのだろう。

宗達は時折、不思議な気がした。自分がここにいることが嘘のような気がしてならなかった。

このまま俵屋の主人として大過《たいか》なく生きていけば良い。

最近は努めてそう思うようにしている。

店を少しでも大きくして、身代を増やして、次の世代に引き渡す。二人の娘のどちらかに婿《むこ》をとって、俵屋を継がせることになる。腕の良い絵師が良いのか、それとも商《あきな》い上手な者が良いのか、悩むところだが……。

宗達は両手につないだ二人の娘の小さな手を意識して、思わず苦笑した。

五歳と三歳。

婿の心配をするのは、まだずいぶん先のことになりそうだ。そんなことより今は。

――ととさま。だっこ。

案の定、下の娘がむずかりだした。人込みの中を歩くのにそろそろ疲れてきたらしい。

仕方なく、左手で抱き上げる。

右手をつないだ上の娘が、宗達を振り仰いで唇を尖らせた。

――だから、置いてきた方がええ言うたのに。

と、ませた口調で文句を言う。

――かえには、ぎおんさんはまだ無理や。

文句を言われても、妹の方は平気なものだ。宗達の腕のなかで背伸びをするようにきょろきょろと辺りを見まわし、

――あっ、来はった。

と可愛い声をあげ、小さな指でまっすぐに指さした。

コン、チキ……チン。コンチキチン。

かえが指さす方角から、鉦《かね》の音が聞こえてきた。

エーン、ヤーラーヤー。

山鉾《やまぼこ》をひく男たちの声につづいて、周囲のひとびとの頭上、はるか高いところに、天に突き刺さるような長刀《なぎなた》が見えてきた。

長刀の先端までの高さは約二十一メートル。

二階屋までしかなかった当時の京のまちなかではおよそ非日常的な、途方もない高さである。

宗達の腕の中で、幼いかえが目を丸くし、ポカンと口を開けて天に突き出す長刀を見上げている。右手をつないだたづに目をむけると、こちらも妹とそっくり同じ顔になっていた。

宗達は二人の娘に等分に目を細め、あらためてどこまでも青い夏空を振り仰いだ。

ぎおんさん。

祇園会《ぎおんえ》とも。

京の夏の風物詩ともいえる一大イベントだ。

約一ヵ月にわたる祇園会最大の見所は、何といっても七月十七日（旧暦六月七日）と二十四日（旧暦十四日）に行われる「山鉾巡行《じゅんこう》」であろう。

担当の町《ちょう》ごとに趣向を凝らした巨大な山鉾が練り歩く山鉾巡行の日は、貴賤《きせん》を問わず多くの見物客が繰り出して、京のまちは大変なにぎわいとなる。

魁首《かいしゅ》（先頭）の「長刀鉾」から、殿《しんがり》の「船鉾」の間に、蟷螂《とうろう》、鶏《にわとり》、月、筍《たけのこ》、岩戸《いわと》など、さまざまな工夫を凝らした作り物（たとえば、蟷螂の作り物では車輪の動きにあわせて首と鎌が動く）を載せた巨大な山鉾が三十基から、多い年には六十基も繰り出し、祭りの男たちに引かれて通りを練り歩くさまは、まさに壮観である。

山鉾の車輪は、大きなものでは直径二メートルを超える。方向転換のさいには、引き手の男たちの息の合った動きが必要だ。

エーン、ヤーラーヤー。

山鉾を引く男たちの声。

鉦や太鼓《たいこ》、笛の音も聞こえる。

壮麗な、あるいは滑稽味《こっけいみ》を加えた山鉾が、角を曲がって次々に姿をあらわした。

山鉾には南蛮渡り《なんばんわた》・唐渡りの、人目をひく珍しい布が惜し気もなく使われている。かつてスペインやポルトガルのお城の壁を飾っていたタペストリーが、はるばる海を渡って日本に伝わり、祇園会の山鉾飾りとして用いられているのだ。

幼い娘たちは目を丸くしっぱなしである。

宗達は周囲を見回し、ひとまず安堵の息をついた。

ただでさえ京の夏は蒸し暑い。そこに来て、この人出だ。

多くの人が扇をつかっている。目に付くのはやはり俵屋の扇だ。

また歓声が上がる。

目を上げると、月鉾《つきほこ》が角を曲がって現れたところだった。

三日月の飾りをつけた月鉾は、鉾頭《ほこがしら》までの高さが二十七メートル。

先頭の長刀鉾より、さらに高い。

良く晴れた夏の青空に、作り物の三日月が浮かんでいる。

………。

宗達は一瞬、目眩を覚えて、目をしばたたいた。

青空に銀の絵具を転がすように稲妻が光るのが見えた――気がした。

朝から良く晴れた夏の日だ。最初は見まちがいかと思った。が、見る間に空いちめんに雲が広がり、ばらばらと大粒の水滴が落ちてきた。

毎年この季節に行われる祇園祭りが驟雨《しゅうう》に襲われるのは珍しい話ではない。

とは言え、雨は雨だ。

見物客たちは一斉にわっと悲鳴を上げると、頭を抱え、足を空に、クモの子を散らすように逃げてゆく。

宗達も下の子を片手で抱きかかえ、上の子の手を引いて、あわてて駆け出した。

俵屋の軒先《のきさき》に駆け込んだときには、外は真っ暗になっていた。

振り返ると、黒い雲の間に青白い閃光《せんこう》が走るのが見えた。

途端に雨脚《あまあし》が一段と激しくなる。

ぎりぎり間に合った。

ふう、と息をつき、額の汗を拭《ぬぐ》って、下の子を腕から降ろした——。

稲妻のあと、雷鳴は遅れてやってくる。

突然、家々の軒が震《ふる》うかと思われるほどの雷鳴が頭上から落ちてきた。

二人の娘が、ひっ、と悲鳴を上げて、宗達にしがみつく。

宗達はふと、背後に気配を感じた。

ひとまず娘たちを落ち着かせる。

それから背後に目をやると、俵屋の見世先に黒い男の影が立っていた。

上の娘が、宗達の視線を追う。男の影に気づいてもう一度、ひっ、と悲鳴を上げ、さっきよりもきつく宗達にしがみついた。

ふたたび空に青白い閃光が走り、ずぶ濡れの男の顔を半分だけ照らし出した。

天地を裂くかのような雷鳴が辺りの空気を震わせる。今度はさらに近い。

蓋《ふた》をされた耳が戻ったとき、黒い男の影が口を開いた。

——俵屋宗達いうのは、あんたはんどすか？

意外にも、陽気といっていいほどの、明るい、まろやかな声だった。

宗達は無言で男に頷《うなず》き、奥から出てきた店の者に二人の娘を預けた。

その場に立ち上がり、あらためて黒い男の影と向き合う。
稲妻の青白い光がみたび辺りに満ちた。
ずぶ濡れの男の口元には、なぜか薄い笑みが浮かんでいる。——

＊

男の名は烏丸光広《からすまるみつひろ》。
名にし負う名門公卿の一人である。
俵屋宗達は、この男によってもう一度〝美の最前線〟に引っ張り出されることになる。

十五　烏丸光広

──晴れて、また暑うなりおしたなぁ。

男が表に顔をむけ、空を見上げて、まぶしそうに目を細めて言った。

つられて振り仰いだ視線の先は、抜けるような夏の青空だ。

さっきまで真っ黒な雲から滝のように雨が流れ落ち、雷鳴が轟《とどろ》いていたのが嘘のようである。

俵屋の奥の座敷で男と差し向かいにすわった宗達は、控えめにいって戸惑っていた。

困惑していた、といっても過言ではない。

──なんでこんなお人が訪ねてきたんやろ？

さっきから同じ疑問が、頭のなかを駆け巡っている。

突然の驟雨に幼い娘たちを抱えて俵屋に駆け戻った宗達は、店先で妙な男に声をかけられた。

――俵屋宗達いうのは、あんた様《さん》どすか？

無言で頷いてみせると、男はにっと笑い、すぐにくしゃりと顔をしかめた。

「よわったな。あんたさんに話があって来たんやけど、生憎《あいにく》の雨に降られてしもた。この恰好やと話にならんさかい……えい、あらためて出直すとしまひょ」

軽い口調でそう言って、ぽいと表に出ていこうとする。

外はまだ土砂《どしゃ》降り。雷も鳴っている最中だ。

宗達は慌てて男をひきとめた。

「やむまで、雨宿りしていっておくれやす。乾いた着物《もの》を用意しますよって」

男を奥に上げ、店の者に着替えを用意させた。

ひとまず宗達の着物を出して着てもらったのだが――。

何というか、おそろしく似合っていない。

見たところ、年齢も背恰好も大してかわらないようなので、着物の柄や裄丈《ゆきたけ》の問題ではない。もっと根本的な何か。宗達の着物を身にまとった男は、まるで仮装行列に参加しているように見える。それもそのはず――。

宗達は苦笑して首をふり、男と反対側に目をむけた。

中庭に男の着物が干してある。

直衣《のうし》、指貫《さしぬき》(奴袴《ぬばかま》)、衵《あこめ》の出衣《いだしぎぬ》。

店先では頭の天辺《てっぺん》から足の先まで文字どおりの濡れネズミで、着物の色も形もわからなかったが、典型的な公卿の服装だ。途中でびしょ濡れになってやむを得ず脱いだそうだが、屋敷を出たときは立烏帽子《たてえぼし》まで頭にのっけていたらしい。脱いだ着物で店の者が男の正体に気づき、慌てて宗達にご注進に及んだ。それからようやく名前を訊ねるあたり、宗達と名乗るようになっても、この男の〝ぼんやり〟はあまり変わらない。

「名前？　名前は光広《みつひろ》。怪しいもんやおへん。なんやったら、中立売門《なかだちうりもん》の烏丸《からすまる》の屋敷に行て、聞いてもろたらわかりますよって……」

着替えのために素っ裸になった男は、何でもないようにそう答えた。

俵屋の店の者たちは顔を見合わせた。

中立売門の烏丸家。

洛中で知らぬ者なき十三名家の一つだ。

殿上人《てんじょうびと》

雲上人《うんじょうびと》

と呼ばれるお公家《くげ》さんである。普通は、乗り物にものらず、お供も連れずに、ひょこひょこと一人で出歩くような身分のお人ではない。

陽気に空を見上げる妙なお公家さんを眺めて、宗達はもう一度首を傾げた。

——なんでこんなお人が訪《たん》ねてきたんやろ？

いくら考えても、理由が浮かばなかった。


烏丸光広は興味深い人物だ。

三歳で従五位《じゅごい》下、八歳で正五位《しょうごい》下、十一歳で右少弁《うしょうべん》、十七歳で正五位上蔵人《しょうごいじょうくろうど》。三十歳で参議《さんぎ》左大弁《さだいべん》従三位《じゅさんみ》。さらに権中納言《ごんちゅうなごん》正三位《しょうさんみ》に叙《じょ》せられているから、公卿の中でもまず順調な出世をした方だろう。

もっとも、光広自身は宮中での官位や肩書にはほとんど興味がなかったようだ。

逸話《いつわ》が多い。

幼少時、かれは学問にまるで興味を示さなかった。大人たちの隙を見て屋敷をぬけだし、泥だらけになって帰ってくる。父親がいくら言おうが叱ろうが、書物には手も触れようとしない。

公卿とは畢竟《ひっきょう》、有職故実《ゆうそくこじつ》の塊である。先例典拠の知識のみが公卿をして公卿たらしめている、と言っても過言ではない。学問をしない者に烏丸家を継がせるわけにはいかない。父親は絶望し、養子を取ろうとまで考えた。知り合いの僧侶が「その前にしばらく預かってみよう」と言うので、寺に息子を預けたところ、光広は打って変わった熱心さで学問に打ち込み、たちまちにして十数巻の書を暗誦《あんしょう》。その聡明《そうめい》さに、周囲の者たちは目をみはるばかりであったという。

どうやら、子供心に「このまま坊主にされてはたまらない」と思ったらしい。宮中に仕えるようになった後も、かれの行動は〝かなり自由〟だ。天皇主催の聯句会《れんく》での執筆を命じられても、仮病をつかって会に出ない。それが二度三度とつづき、ときの天皇に「なぜ出ない」と訊ねられると、すぐさま仮病を白状し、その上で「漢詩文には宮中にその道の大家がすでにいらっしゃいます。私は日本古来の和歌の道を究《きわ》めたいと思っています」と、けろりとした顔で言う。

いいぬけぬけとというべきか。

公家には、それぞれの家の役割がある。古来、和歌の道を伝えるのは二条・冷泉《れいぜい》と定められている。歌学の家ではない烏丸家の若公卿（当時光広は二十歳になったばかり）の言葉としては、とほうもない壮語といっていい。

天皇は笑って光広を許したものの、一言こう付け加えるのを忘れなかった。

――歌学成ることなくんば、重ねて参朝《さんちょう》すべからず。

和歌の道を究めるまでは顔を出すな。

という意味だ。

「歌学成る」ことを証明しなければならなくなった光広は、これを幸いと細川幽斎《ほそかわゆうさい》に師事。四年間、師の下に通いつづけて「古今伝授《こきんでんじゅ》」の奥義《おうぎ》秘伝を余すところなく譲り受けた（歌学に奥義秘伝とはおかしな話だが、このあたりが日本の芸能の特殊性・奇妙性であり、その体質はいまもたいして変わりはない。秘伝は〝三箇《さんが》の大事《だいじ》〟〝三木三鳥《さんぼくさんちょう》〟など、いかにも仰々《ぎょうぎょう》しいが、内容は――当然ながら――ごくたあいもない代物である）。

かくて〝歌学の家ではない〟烏丸光広は、宮中で和歌の第一人者となった。晴れて宮中に参内した光広は、しかし、自分からは和歌の和の字も口にしない。ひとに訊ねられて、「そういえば、そんなものもありましたなぁ」と答える堂々たるいやみっぷりだ。

天皇は苦笑しつつも、光広のきらめくような才気、圧倒的な博識、さらに名門公卿のなかでも一頭地を抜く典雅《てんが》な挙措《きょそ》振る舞いを愛し、その後もかれを身近に仕えさせた。

この他にも、名筆家として知られる光広は「唐伝来の（非常に高価な）筆を粗末な扇箱に入れて持ち歩いていた」だの、「牛車《ぎっしゃ》の上に氈《せん》をしいて酒肴《しゅこう》をととのえ、酒を酌《く》みながら白昼堂々と遊郭《ゆうかく》通い」といった、話のネタとなる逸話にこと欠かない。

徳川幕府によってカブキが厳しく取り締まられる以前は、洛中の〝傾奇者《かぶきもの》〟たちとも親しく交流があったらしい。

宮中文化を代表する教養人。

ここで言う教養人とは〝たんなる物知り〟を指すのではない。

見え過ぎる目を持った知識人《インテリ》――良い意味でも、悪い意味でも、かれらには世界が見え過ぎてしまう。

ある種のインテリがそうであるように、烏丸光広には真面目なつらがまえで長くいることができず、皮肉と逆説といたずらっぽさで、常に己の真剣さを韜晦《とうかい》するようなところがある。それを（文化の）爛熟《らんじゅく》と持ち上げるか、退廃と呼んで蔑《さげす》むかは、見る者の側の都合だろう。

かれの逸話には、常に公家特有の崩れた色気が漂っている。このあたり、時代を代表するもう一人の文化人、曇りなき清潔さを指向する本阿弥光悦とは趣きを異にする。

文化の両面性というべきか。

正規の武家伝奏とは別に、裏で宮中と幕府とのパイプ役を務めた光広は、なかなかしたたかな交渉者でもあったようだ。傾きかけた雅《みやび》な宮廷文化と新興の野蛮な武家社会の間で、綱渡りのような危うい交渉をなんども取りまとめている。

公卿としての高い身分にかかわらず、光広は誰とでもわけへだてなく付き合った。典雅な挙措振る舞い、また話し言葉を、相手の出自身分に合わせてころりと変えた。武士、町人、さらにもっと下世話な連中とも、平気で対等に付き合っていた。

このため宮中には、光広を「裏切り者」「徳川に取り入った日和見《ひよりみ》主義者」、また

「公卿の恥さらし」といって嫌う者が少なくない。

誰が言い出したか、ついたあだなが「ぬえ」。

〝ぬえ〟は〝頭は猿、胴は狸《たぬき》、尾は蛇、手は虎、声は虎鶫《とらつぐみ》に似る〟という空想上の怪物だ。要するに、

正体不明。

光広には、記録そのものが存在証明である公卿にはあるまじき、何をしていたのかよくわからない空隙《くうげき》がいくつも存在する。一人でぷいと姿を消し、何日も屋敷に帰ってこないことなど珍しくもなかった。

当時京のまちで大流行した一連の仮名草子、『竹斎』（主人公の医師竹斎は後に〝やぶ医者〟の代名詞となる）はじめ、『仁勢《にせ》物語』『尤之草紙《もつとものそうし》』『恨の介《うらみのすけ》』といった仮名草子は、すべて光広の筆と目されていた時期がある。

世を忍ぶ仮の姿は戯文作者《ぎぶんさくしや》――いかにもそんな感じだ。

と言ったわりには、烏丸光広はなかなか用件を切り出そうとしなかった。

話があって来た。

俵屋の奥の座敷で宗達と差し向かいにすわったまま、最近ある皇族の屋敷で見る機会を得た秘伝の絵巻について話し、その絵巻の経歴に関連して宮中のちょっとした噂

話を披露。それから、

「そうそう、そう言えば……」

と、思いついたように話題を一転、数年前に江戸に移住した狩野派絵師の江戸での活躍ぶりを語り、返す刀でかつての宮中絵所 預《えどころあずかり》の権威をいまだに笠に着ている土佐派絵師たちの旧態依然とした画風を皮肉交じりに論評する。

立て板に水。

どんなつまらぬ話題も、烏丸光広の口から語られると不思議と面白く、また興味深く感じられた。端倪《たんげい》すべからざる座興《ざきょう》の才である。

一方。

極端な口べた。俵屋を継いだ後は努めて人と話すようにしているが、もともと口数の多い方ではない宗達はすっかり感心して、
ほう、ほう。

へえ、そないなことが。

なるほどなあ。

と、いちいち相槌《あいづち》を打ちながら聞くばかりだ。

座敷にすわった二人の手元には俵屋の扇。開いてあおげば涼がとれ、ぱちりと閉じれば話題を転じるきっかけにもなる便利な品だ。

烏丸光広は供された冷たい水を一口飲んでようやく一息ついたかと思うと、

「そうそう、そう言えば」

と、すぐにまた口をひらいて話柄を転じた。

今度は醍醐寺《だいごじ》理性院《りしょういん》障壁画《しょうへきが》。

描いたのは十九歳の狩野守信《もりのぶ》（後の探幽《たんゆう》）。永徳《えいとく》以来の天才と呼ばれ、狩野派の期待を担う若者だという。

宗達は途中から、頭に浮かんでいた疑問、

（なんでこんなお人が訪ねてきたんやろ？）

などどうでも良くなってきた。このままずっと面白い話を聞いていたい、と思いはじめた矢先、似合わぬ借り着姿のお公家さんがひょいと妙なことを口にした。

――宮中の仕事を引き受ける気はないやろか。

宗達は最初、聞き間違いだと思った。

さもなければ、新手の冗談か。

曖昧な笑みを浮かべて続きを待っていると、烏丸光広はいたって真面目な顔で膝をすすめ、

「今日訪《たん》ねてきたのはほかでもない、あんた様に頼みたい仕事があったからや。理由《わけ》あって詳しいことは言われへんのやけど、宮中の、さるやんごとないお方からの依頼

で、某《ぼう》寺の内装画を仕上げてほしい。――どやろ、この話、考えてもらえんやろか?」

そう言って下から覗きこむように宗達の顔を窺った。

宗達は。

返事のしようもなく、目をしばたたいている。

烏丸光広はそれきり口を閉ざし、じっと返事を待っている様子であった。

さっきまでの多弁ぶりが嘘のようだ。

蟬《せみ》の声が急に耳につく。庭の木々の濃い緑に座敷が染まる――。

宗達はふうと息を吐き、首をかしげて言った。

「訪《たん》ねる先を、間違《まちご》てやしませんか? うちは扇屋どすえ」

「俵屋は近ごろ絵屋もはじめた、そう聞いてきたんやけど?」

「そらまあ、そう言や、そうどすけど……」

宗達は眉を寄せた。

どうやら烏丸光広には「絵師」と「絵屋」の区別がついていないらしい。博識、博学、教養人、などといわれていても、所詮はお公家さんだ。肝心要《かなめ》なところが抜けている。

（どう言えば、わかってもらえるやろか？）

宗達は、しばらく考えた後で、口を開いた。

たしかに俵屋はいまでは「絵屋」の暖簾《のれん》を掲げ、扇だけではなく、貝絵や絵巻、カルタ、掛物、屏風といった様々な品を見世に並べて売っている。既製品販売が中心だ。場合によっては注文製作も受けなくはない。が、その場合でもいわゆる「絵師」とはまったく別の仕事になる。

「わたしら絵職人はすでにある図柄を切り取ってきて、それを並べて描いとるだけどす」

宗達はかんで含めるようにそう言うと、手にした扇を相手に見えるように開いて、

「たとえば、この扇やったら」

と、具体的な例を挙げて説明した。

扇面左下に、白馬に乗った甲冑姿の武者絵。りりしい若武者が弓に矢をつがえ、満月のごとく引き絞って、右上方、扇の外の（描かれていない）的《まと》に向かって狙いを定めている。

扇を動かすと、いまにも馬が動きだし、弓から矢が放たれそうな錯覚を覚える。

合戦の様子を描いた武者絵扇は、最近の俵屋の人気商品だ。

京のひとびとが競って買い求めてゆく俵屋扇の武者絵には、じつは元ネタがある。

平治《へいじ》物語絵巻（六波羅合戦の巻）

数年前、友人・角倉素庵（与二）のつてを辿って、京の豪商が所蔵する絵巻を見せてもらった。ついでに模写もさせてもらい、そこから〝使えそうな図柄〟を扇の形に切り出して、俵屋の「絵手本」に載せてある。

保元《ほうげん》物語絵巻。北野天神縁起《きたのてんじんえんぎ》絵巻。執金剛神《しっこんごうじん》縁起絵巻。伊勢《いせ》物語絵巻。……

俵屋の奥の作業場に置かれた「絵手本」には、様々な絵巻から切り出された図案が、それぞれ季節ごと、テーマごとに扇の形に切り出されてまとめられてあった。

絵巻起源の図柄ばかりではない。

宗達が本家の織物屋「俵屋」で子供のころに目にした様々な着物の図案や柄からはじまり、伝統的な扇の意匠、南蛮風の文様。厳島《いつくしま》神社の平家納経で使われていた平安王朝時代の絵柄や、紙師・宗仁（宗二）が苦心惨憺《くしんさんたん》復活させた平安料紙の珍しい唐紙《からかみ》文様《もんよう》もある。

本阿弥光悦との仕事では、屏風、掛物、漆器《しっき》、陶芸、蒔絵《まきえ》など、多様な工芸品に触れる機会を得た。それらに用いられていた図案や意匠をアレンジして使っている扇絵も少なくない。

重要なのはむしろ、扇を開いてすぐに「これは平治物語のあの場面」「こっちは伊勢物語の何段」とわかってもらうことだ。元ネタは、ぱっと見てわかるものが良い。

絵屋の商品ではそれが普通だ。現在のキャラクターグッズ商法と同じ発想である。乱暴に言ってしまえば、一点物の絵を描くのが絵師。その絵を模写して商品に仕立てるところからが絵職人の仕事になる――。

といったことを宗達は慣れない弁舌で苦労しながら何とか説明して、向かいにすわったお公家さんの様子を窺った。

烏丸光広は、相変わらず平気な顔で話の続きを待っている。

「そやさかい」

宗達は仕方なく先を続けた。

「お寺の内装画を絵屋に頼みに来るんは、筋ちがいなんどす」

たとえば、有名な絵巻の一場面、あるいは良く知られた屏風の図柄を、絵屋の絵職人が精魂込めてそっくりそのままお寺の襖《ふすま》に描いたとしよう。その後、お寺を訪れた檀家衆から「ああ、この絵はあそこの（絵巻の、屏風の）絵と同《おん》じどすな」と指摘されたのでは、寺の者としてはあまり良い気がしないのではないか？

だから、お寺の内装画は絵屋の絵職人にではなく絵師に頼んだ方が良いと思う。いまを時めく狩野派の絵師か、宮中伝統の土佐派の絵師。最近では、長谷川一門の絵師たちもなかなか良い絵を描くという評判だ――。

烏丸光広が、うふっと声に出して笑った。

宗達は口を閉じた。ひとがせっかく一所懸命説明しているというのに、笑うとはあんまりではないか。

「どーでもよろしおす」

烏丸光広は、にやにやと笑いながら口を開いた。

「そんなややこしい話は、聞いても仕方おへん。どーでもよろし。それよか、仕事を受ける気があるんか、ないのんか、よう考えて返事をしておくれやす」

宗達はぽかんと口をあけた。

この妙なお公家さんは、ひとの話を聞いていなかったのか？

ややこしい？

お寺の内装画なら、絵屋の絵職人にではなく、絵師に頼んだ方がいい。そう言っただけだ。いったいどこがややこしいというのか……。

「さあ、どう言うたらええんやろか」

と光広は視線を宙にただよわせ、口の中で呟いた。すぐに顔を上げ、

「同じ絵とか、違う絵とか、関係おへんのや。そんなことは、どーでもよろしおす。絵には、ええ絵とつまらん絵があるだけどすよってな。あんたさんが描いてくれたら、きっとええ絵になる。そない仰《おお》せあそばしやさかい、心配することは何もあらしまへん」

ええ絵と、つまらん絵？

仰せあそばしとる？

言っている意味が、ますますわからない。

「わかる人には、わかる。ま、そういうことどすな」

光広はそう言って一人で悦に入っている。

「待っておくれやす」

宗達はたまらず声を上げた。

「わかる人には、わかる？　貴方様《あんた》は、さっきからいったい何のことを……いや、誰、のことをしゃべってはるんどす？」

光広は供された茶碗に手を伸ばし、ゆっくりと持ち上げる。

口をつける寸前、ぴたりと動きを止めた。薄目を開け、男にしては長すぎる睫《まつげ》ごしに宗達を眺めて言った。

「たとえば、そやな、天皇はんとか？」

元和二年（一六一六年）。

時の後水尾《ごみずのお》天皇が「これを手本にせよ」といって、狩野派の絵師たちに宗達の絵を見せた——。

という記録が残っている。

普通ではちょっと考えられない。不可思議、と言ってもいいほどの出来事だ。

これがどのくらい異常なことなのか、少し説明が必要かもしれない。

当時、「絵師」と言えばまず狩野派一門を意味した。

織田《おだ》信長《のぶなが》、豊臣秀吉、さらには徳川家康へと、時の権力者が移りかわっても、狩野派は〝御用絵師〟〝お抱え絵師〟の地位を確保し続けた。

狩野派の画風は漢画《かんが》が中心だ。これは、権力者である武士階級の趣味に合わせた結果でもある。

大坂の陣終結後ほどなく、狩野派の中心絵師たちは家康が幕府を開いた東国・江戸村に移住し、新たに建設された数多くの建物内装画を精力的に手がけていた。

一方、伝統的に「やまと絵」を得意とする土佐派の絵師は、戦乱の余波を受けていったん堺に下ったものの、宮中絵所《えどころ》預《あずかり》の職を襲うべく猟官運動をつづけていた。

幕府お抱え絵師である狩野派の「漢画」と、土佐派の伝統的な「やまと絵」。

当時はこの二つが絵画であり、その他は絵画とはみなされていなかった。俵屋の絵扇を買い求める京のひとびとはあくまで扇を買っているのであって、かれらに絵を買っているという認識はない。

そんな中、天皇が「これを手本にせよ」といって宗達の絵を狩野派の絵師たちに見せた――。

宗達の絵は、一見わかりやすい。扇絵として、誰にでも親しまれる。だが、群盲象《ぐんもうぞう》を撫《な》でるの譬《たと》えのごとく、多くのひとびとは宗達の絵を目の当《ま》たりにしながら、実際にはその凄みを少しも理解していない。

自然発生的に権威化するタイプの作品ではないのだ。

宗達の絵の価値を真に理解するためには、広汎な趣味と優れた感性、既成の価値観にとらわれない自由な知性をもった教養人の目を必要とした。

同時代に生きた者のなかで、宗達の絵の凄みを真に理解しえた者はおそらく二人。

一人は、刀剣を扱う家に生まれ、総合芸術のプロデューサーでもあった本阿弥光悦。裕福な京の町衆文化を代表する光悦は、宗達の絵の新しさを見抜いた最初の人物だろう。

そしてもう一人が、公家としての伝統的教養を身につけ、かつ新興の武士階級とも接触があった烏丸光広である。

天皇に宗達の絵の見方を教えたのは、光広以外には考えられない――。

トリックスター

という言葉がある。

一般的には詐欺師、ペテン師。神話や民間伝承にあらわれる「いたずら者」を指すこともある。秩序の破壊者でありながら、同時に創造者。善と悪、陰と陽など対立する世界を行き来する者。ときには愚かな失敗をして、自らを破滅に追いやることもある。

烏丸光広こそは、まさにこの時代のトリックスターであった。

十六　養源院

宝池に蓮《はす》の葉が浮かんでいる。

大小、粗密《そみつ》は様々《さまざま》。隣り合わせた蓮の葉はときに離れ、ときに重なり合うようにしながら池の表面を漂《ただよ》っている。

水面からすっと伸びた茎《くき》の先にほおずき頭のような形の蓮の蕾《つぼみ》が現れる。

高く、低く、リズミカルに姿を現したいくつもの蓮の蕾は、やがてほころび、大輪の花を咲かせはじめる。

池一面を覆い尽くす、真っ白な蓮の花。

と、そこへ、突然の嵐。

強い風にあおられて蓮の葉は横を向き、茎が撓《たわ》む。

花が散る。

次々に、花が散り落ちる。

花弁《かべん》が散り落ちた後の花托《かたく》が、なおも強い風にあおられる。

白い花びらが風に舞い、池の表面に浮かび、漂う。

やがて、嵐は去った。

撓められていた茎が、ふたたび天にむかって頭をあげる。

蕾がほころび、蓮の白い花がひらく。

蓮は実を結び、種がこぼれ、次々と新しい命を生み出してゆく。未来永劫《みらいえいごう》つづいてゆく、生命《いのち》の輝き……。


宗達は絵筆を措《お》き、詰めていた息をほっと吐き出した。

――「定家百人一首」和歌巻《わかかん》。下絵は一任。ただし、どこかに蓮池の情景を入れて欲しい。

それが今回の依頼であった。

久しぶりの宗達直筆下絵、本阿弥光悦直筆文字の共同作業《コラボレーション》、しかも長さ二十五メートルを超える、これまでで最長となる長大な和歌巻である。

話をもってきたのは、紙師・宗仁。かつての幼なじみは、いまではすっかり鷹峯・光悦村の住人であった。

宗達は、念のため納期を確認してから、仕事を引き受けた。一方、

――今回の仕事用に。

ぼそりとそう言って料紙を置いて帰っていった宗仁は、断られることなどはなから考えてもいない様子だった。

相変わらず黒犬を思わせる宗仁の浅黒い顔を思い浮かべて、宗達は覚えず苦笑した。

最近の宗仁の態度や言葉の端々には、鷹峯・光悦村に来なかった宗達を見下すような気配がただようことがある。一緒に野山を駆けまわり、泥だらけになって遊んでいた子供の頃を思えば、ずいぶん遠くに隔たってしまった。ひとは成長し、取り巻く状況は変化する――。当たり前のことだが、少し寂しくもある。

宗仁が置いていった料紙をひらいて、宗達は「ほう」と感嘆の声をあげた。

白無地の具引《ぐび》き料紙は、二十五メートルを超える長さでありながら、どこをとっても調子をまったく変えることなく一律に整えられている。宗仁は何も言わず置いていったが、見事な仕事ぶりだ。光悦の指導のもとで、よほど精進を続けているのだろう。

最近の光悦は色変わり料紙を使うことが多い。今回はあえて白無地の具引き料紙を用意させた。この料紙に、いったいどんな下絵を期待しているのか？

様々なやり方がある。

たとえば平家納経のごとき王朝風の絵物語はどうだろう？　あるいはまた、四季の草花を色とりどりに描くこともできる。

宗達は長大な料紙を前にしばらく思案を巡らせ、結局シンプルに蓮池だけを描くことにした。

前半は、俯瞰的に真上から眺めた蓮の葉の連続。浸透しない具引き料紙に金泥で描くことで乾くさいにむらが生じる。そのむらが、それぞれの蓮の葉の厚みのちがいを自然に表現してくれる。薄く乾いた場所は裏から光が入ったように見えるはずだ。さらに同じ金泥を用いて放射状に葉脈を描き入れる。

ほおずき頭のような蓮の蕾は銀泥。

池からすっと伸びた蓮の茎は金泥。

開いた蓮の白い花は銀泥を用いて輪郭《りんかく》を線で描く。

金と銀。

二色ですべてを描き分けることで、画面には墨で描いた場合とはまた異なる金属特有の光り方があらわれる。乾きづらい金泥銀泥の絵具をあえて使うことで、逆に水分のたまり具合や乾きむらなどによる微妙な調子がうまれる。

絵具が完全に乾いた後、描き終えた蓮下絵を確認して宗達は目を細めた。

本阿弥光悦がこの絵巻のどこに、どんな大きさで、どんな調子の文字を書き入れるのか、最近はある程度イメージできるようになった。

鷹峯に移住後、光悦は己の作品に、

「大虚庵《だいきょあん》光悦」

と署名、捺印することが多い。

おそらく、巻末の白く花開いた蓮の花下――。

茎の左右に、光悦の署名と花押が一瞬、幻のように浮かんで見えた気がした。

尤もそれを言えば光悦の側でも、宗達がどんな下絵を描いてくるのか、宗仁に料紙を用意させた時点でほぼ予想がついているはずだ。

(大丈夫。この絵で合《お》うとる)

宗達は自分の手で絵巻を巻き戻し、丁寧に梱包したうえで店の者を呼んだ。

「これを鷹峯にもっていっておくれ」

絵巻の入った箱を店の者に渡したあと、宗達は胸の内にふと一抹の寂しさを覚えた。

光悦が書く文字をはじめて見た時の衝撃。

最初の仕事《セッション》で覚えた度外れの興奮。

いや、あんなことはたぶんもう二度と起きない。

たぶん、そう思ったからだ。

そのとき、宗達の脳裏に横合いからぬっと分け入ってきたものがあった。

男にしては長すぎる睫《まつげ》。貴公子然とした色白の整った顔立ちながら、唇の端をつねに皮肉な形に歪めた男の顔――。

烏丸光広。

規格外れのお公家さんだ。

先日、俵屋を訪れた烏丸光広は宗達に妙な仕事の話をもってきた。

――さるやんごとなきお方からの依頼で、某《ぼう》寺に絵を描いてみる気はないか？

という。

順々に話を聞いていくと、某寺とは養源院《ようげんいん》のことであった。

養源院には、複雑な因縁《いんねん》話がまとわりついている。

もともとは、豊臣秀吉の側室・淀《よど》殿が実家・浅井《あさい》一族の菩提を弔うために建立した寺だ。

淀殿の父は浅井長政《ながまさ》、母はお市《いち》の方《かた》――織田信長の妹である。

二人の間に三人の娘があった。お茶々《ちゃちゃ》（のちの淀殿）、お初《はつ》、お江《ごう》（〝お江与〟とも）の三姉妹だ。

戦国動乱期とはいえ、彼女たちほど激動の人生をおくった例も珍しい。

父・浅井長政は義兄・織田信長と敵対し、居城小谷《おだに》を攻められて自刃《じじん》。お市の方は助けられ、三人の娘をつれて信長の家臣・柴田《しばた》勝家《かついえ》に再嫁《さいか》した。信長没後、今度は勝家が秀吉と対立。秀吉の軍勢に居城北ノ庄を攻められたさい、お市の方は柴田勝家とともに自決の途《みち》を選んだ。

父母亡き後、三人の娘は秀吉に預けられる。

秀吉はまず、三女のお江、ついで次女のお初をやっかいばらいのように嫁《とつ》がせた後、美女のほまれ高い長女・お茶々を己の側室に据えた。翌年、お茶々は懐妊。喜んだ秀吉は山城《やましろ》淀城をお茶々に与える。お茶々が淀殿と呼ばれるようになったのはこの時からだ。

淀殿は男児・鶴松《つるまつ》を出産。鶴松はわずか三歳で病没するものの、二年後の文禄《ぶんろく》二年（一五九三年）、淀殿はさらに秀吉の子・拾《ひろい》（後の豊臣秀頼）を生む。

淀殿は〝お世継ぎの生母〟として不動の地位を得た。

その「淀殿たっての願い」で、文禄三年五月に建立されたのが養源院だ。京都三十三間堂《さんじゅうさんげんどう》の東向かい、豊臣家菩提寺・方広寺に隣接する一等地。「養源院」は、信長に攻め滅ぼされた淀殿の亡父・浅井長政の法号である。淀殿の願いならどんなことでも聞き届けられた当時の情勢が少しは分かろうというものだ。

秀吉の死後、彼女の運命はふたたび反転する。

関が原の戦いで徳川側が勝利した後も、淀殿は世の流れに抗いつづけた。

慶長二十年（一六一五年）。

徳川軍勢に包囲された淀殿は、息子・秀頼とともに大坂城内で自害する。四十九年の波乱の生涯であった。

浅井家の菩提寺・養源院は徳川家の手にわたり、紆余曲折を経《へ》て、浅井家三女・お江が継承することになった。

お江の人生は、ある意味、姉・淀殿以上に数奇《すうき》である。

十二歳の時、お江は秀吉によって尾張六万石・佐治与九郎《さじよくろう》一成《かずなり》に嫁がされる。相手は十六歳、血縁的にはいとこ同士のこの結婚は存外うまくいっていたようだ。平穏な生活は、だが、秀吉によって突然破られる。秀吉はお江を佐治家から無理やり引き抜き、甥《おい》にあたる羽柴秀勝《はしばひでかつ》に嫁がせたのだ。一ヵ月後に起きた文禄の役《えき》で羽柴秀勝は朝鮮半島に赴《おもむ》き、出兵先で病没。わずか一ヵ月で未亡人となったお江は、今度は徳川家に下し降ろされる。徳川秀忠《ひでただ》正室。相手は六歳年下、十七歳の青年である。お互い、気まずいものもあったはずだ。

のちにこの秀忠が徳川幕府二代将軍となり、秀忠とお江の間に生まれた次男が三代将軍（家光《いえみつ》）、さらには娘・和子《まさこ》（〝かずこ〟とも）が後水尾天皇に嫁《か》すことになるのだから、世の中まったくわからない。お江の人生こそは、まさに波瀾万丈《はらんばんじょう》の見本と言っていいだろう。

元和二年、お江は譲り受けた養源院で、実姉・淀殿と甥・秀頼の一周忌を執《と》り行った。

ところが、元和五年二月、養源院は失火により焼失する。

淀殿のたっての願いで、秀吉が建てた、浅井家の菩提寺だ。徳川政権下での再建は難しいかと思われた。が、意外なことに、養源院再建の話が江戸幕府の側からもたらされた。

――姉・淀殿と甥の秀頼の七回忌を養源院で執り行いたい。

と考えていたお江にしてみれば、願ってもない話である。

但し、条件があった。

関が原に先立つ慶長五年八月一日の戦《いくさ》で、徳川方についた千八百余名が伏見城に立てこもり、石田三成《いしだみつなり》旗下四万の軍勢に攻め落とされるという事件が起きた。城を預かっていた鳥居元忠《とりいもとただ》ら三百余名は城内で自刃。暑い夏の時期ということもあって、発見時には、城内に折り重なる遺骸《いがい》はことごとく腐乱し、凄まじい異臭を放っていたという。

元忠らの遺骸があった板の間は、その後何度洗い清め、板を削っても血痕《けっこん》が浮かび上がった。奇怪なことに、死姿《しにすがた》そのまま、手も足もくっきりと浮かび上がってくる。

この血染《ちぞ》めの板を養源院の天井に使うことが、再建の条件だという。

「徳川のために死んだ武将たちの無念を養源院で合わせて供養《くよう》し、鎮《しず》めて頂きたい」

平然と伝えられた幕府の意向は、しかし、これはもうなんというか――。

いやがらせとしか言いようがない。

豊臣方に殺された者たちの怨念《おんねん》がこびりつく血染めの板を、豊臣家ゆかりの寺の天井に使う。洗っても洗っても浮かび上がる血痕を見るたびに、殺された者たちの恨みを思い出せ。

徳川幕府の底意地の悪さ、豊臣家への積年の恨みを目の当たりにするようだ。

お江は――。

この申し出を素直に受けた。少なくとも記録上は、幕府に再考を求めた様子もない。

彼女の心情は、正直言って、よくわからない。物心つく前からあまりに運命に翻弄《ほんろう》され過ぎた結果、与えられたものは何でも素直に受け取ることが彼女の人生観になっていたのか、とも思う。

元和七年（一六二一年）。

養源院は無事再建され、淀殿・秀頼の七回忌が執り行われた。施主はお江。

歴史的事実としては、それで間違いない。

だが、この時はあくまで〝淀殿・秀頼の七回忌に間に合わせるための再建〟であって、養源院は建物としては完成していなかった。菩提寺とは死者を祀《まつ》る施設だ。土台があり、屋根があれば、それでこと足りるというものではない。

養源院再建にあたって幕府から絵画部門を任されたのは狩野派の絵師たちだが、彼らは法要に最低限必要な仏間を仕上げたきり、ふっつりと姿を見せなくなった。七回忌の法要後、寺の関係者がいくら催促しても、言を左右にするばかりで作業に取り掛かろうともしない。

狩野派の絵師たちの側にも言い分はあった。

徳川幕府の〝御用絵師〟である狩野派は活動の中心を江戸に移している。京での仕事はほかにもあって物理的に人手が足りない、作業継続のための追加金が江戸からまだ届かない、などというのだが――。

やはり言い訳としか思えない。

彼らは、複雑な因縁《いんねん》話がからむ養源院とこれ以上かかわりあいになるのを避けたのだろう。

養源院再建は中途半端な形のままでほうっておかれ、そうこうするうちに、京のまちなかに気味のわるい噂が流れ出た。

――夜、養源院のちかくを通ると恐ろしいうめき声が聞こえる。

——寺の廊下の天井を、血だらけの男どもが夜ごと〝逆さ姿〟で歩き回っている。

という。

例の板は、養源院の本堂を囲む廊下の天井に使われていた。言われてみれば、なるほど天井板には血痕らしきものが浮かんで見える。手の痕とも、人の形とも見えなくはない。養源院を昼間訪れた者たちは薄暗い廊下の天井を恐ろしげに見上げて、「ほら、これがあの……」と囁き合った。

最近では、日が落ちたあとは女こどもは養源院に近寄らず、近くに用事があるときも養源院を避けて遠まわりをするといった怖《こわ》がりようである。

——なんとまあ、やっかいな。

宗達は頼まれた仕事の背景に思いを巡らせ、思わず顔をしかめた。

——お寺に絵を描く気はないやろか？

と気楽な口調で宗達に訊ねた烏丸光広は、もう一つ気になることを口にした。

——理由《わけ》あっておっきな声では言えんけど、これは宮中の、さるやんごとなきお方からの依頼どしてな。

おそらく、養源院の暗い噂におろおろするばかりの母・お江の姿を見かねて、娘・和子が宮中（禁裏《きんり》）から口を出したのだろう。

二代将軍秀忠とお江の娘・和子は、徳川の意向で武家社会から宮中に興入れした女性だ。公家たちは変則的な事例を本能的に毛嫌いする。宮中には、彼女をこころよく思わない者も少なくなかった。

養源院にはいくつもの目に見えない柵《しがらみ》がからみあっている。浅井家、豊臣家、徳川幕府、さらには宮中の諸派閥。

生きている者と死んだ者。

勝者と敗者。

謀略と裏切り。羨望と嫉妬。

さまざまな者たちの複雑な思いが、長い女の髪のように幾重《いくえ》にも養源院にからみつき、容易にはほどけない不吉な黒い塊となっている──。

宗達が顔をしかめた理由は、しかしそれだけではなかった。

養源院内装（絵画）は、一度は江戸幕府が狩野派に任せた仕事なのだ。

人手が足りない、金が出ない、といった理由で中断してはいても、他の絵師──たとえば土佐派、あるいは長谷川一門が手を出そうとすれば、狩野派《かれら》は全力で阻止しに来る。

幕府〝御用絵師〟としての地位を守るためなら、狩野派はどんな手段も辞さない。

蟻《あり》の一穴が千丈の堤を決壊させる可能性を、永徳以来、狩野派の絵師たちは流派として熟知し、また恐れてもいる。要するに、どっちを見ても八方塞《はっぽうふさ》がり。

養源院内装（絵画）は、誰も手を出したがらない〝やっかいな仕事〟であった。

烏丸光広は、そのやっかいな仕事の話を京のまちで絵屋を営む宗達にもってきた――。

誰も思いつかなかった、あっと驚く奇手だ。

狩野派の連中は、町衆相手に既製品販売の商売をしている絵職人などそもそも眼中にない。養源院の内装を手掛けるのが町の絵職人なら、土佐派、長谷川一門などとは違って、妨害工作に出ることもないだろう。彼らの面子《メンツ》も保たれる。

さまざまな思惑が複雑にからみあう養源院の内装画を、名のある絵師ではなく、宗達に依頼するまでには、あちこち気が遠くなるような根回しが必要だったはずだ。

養源院は、浅井家の菩提寺であるとともに、淀殿・秀頼の七回忌を執り行った寺だ。徳川幕府からは、伏見城落城の際に落命した者たちの供養を命じられている。

浅井・徳川両家、また豊臣家ゆかりのひとびとの機嫌を損ねないよう、うまく話を進めるのは並大抵の苦労ではなかったはずだ。

後水尾天皇に宗達絵を見せたのも、おそらくこの件を進めるための布石《ふせき》の一つだろう。

徳川家、浅井家、豊臣家ゆかりのひとびと、宮中諸派。

さらには、狩野派、土佐派、長谷川一門……。

いまにも崩れそうな危ういパワーバランスに配慮しつつ、きわどいエッジの上を平然と歩み、まとめあげた話を最終的に宗達にもってくる――そんなことができたのは、当時の世の中（皇族・公卿・武家社会）を見回しても、烏丸光広くらいなものである。


祇園会・山鉾巡行が行われたあの日。

雷雨とともに現れた妙なお公家さん、烏丸光広が帰った後、宗達は一人座敷にこもり、腕を組んで思案した。

珍しく難しい顔で考え込んでいたらしく、様子を見にきた幼い娘二人が驚いて、慌てて母親を呼びに行った――という話をあとで聞かされた。

仕事を引き受けるか否かの返事はひとまず待ってもらった。

「ちょうどいま、急ぎの仕事をいくつか引き受けとりまして……」

と口ごもる宗達に、烏丸光広はすべてを見透《みす》かしたようにニヤリと笑い、

「なに、こっちは急ぐ話やない。よう考えて、返事しとくれやす」

と言いおいて、あっさり立ち上がった。

本阿弥光悦から依頼されていた「蓮下絵和歌巻」が〝急ぎの仕事〟の最後の一つだった。

烏丸光広に返事をしなければならない――。

宗達は座敷に腰を下ろしたまま、首を巡らし、表に目をむけた。中庭の前栽《せんざい》の青葉が強い夏の日ざしを眩しく照り返している……。

(何を、ためらっとるんやろ?)

自分でも不思議に思った。

仕事の依頼について、光広の言葉は明確だった。

頼みたいのは、東山・養源院の内装画。

狩野派や土佐派の絵師たちからは文句が出ないよう、話は通してある。問題は、宗達の側であえて火中《かちゅう》の栗《くり》を拾うこの仕事を受ける気があるかどうか、その一点にかかっている――。

たぶん、怖いのだ。

宗達は自分の胸のうちを覗き込み、しぶしぶ認めざるを得なかった。

烏丸光広の美術的眼力《センス》は驚くばかりだ。

宗達自身が言ったように、本来、絵師と絵職人では目的がちがう。

絵師は〝二つとない絵を描く〟。

る〟。

一方、絵職人は〝すでにある図柄を切り取ってきて、誰にでもぱっとわかる絵にす

たとえば、本阿弥光悦のために描いた「蓮下絵和歌巻」にしても、宗達がこれまでに模写してきた既成の絵画やデザインを組み合わせて仕上げたものだ。

何をもって独創性《オリジナリティ》とするか？

二十一世紀のこんにち、なお議論が続くやっかいな問題を、烏丸光広は、

──どーでもよろしおす。

の一言で切って捨てた。

──絵には、ええ絵とつまらん絵があるだけどす。

〝御用絵師〟の絵こそ最上とする権威至上主義の世の中で、革命的ともいえる価値基準だ。但し、〝絵に付随する権威を見るのではなく、絵そのものを見る〟のは、簡単なようでいて誰にでもできることではない。優れた美的センスと圧倒的な教養を必要とする、選ばれた者にのみ許された鑑賞方法だ。

烏丸光広は間違いなく選ばれた者だった。

先日「俵屋」を訪れたさい、烏丸光広は帰りぎわに見世先で足を止めた。展示してある品々をぐるりと見まわし、なんでもないように、あれとこれ、それからここも、と宗達自身が手掛けた作品、さらには宗達が筆を入れた箇所を一つ残らず指摘してみ

せた。

俵屋の商品は、宗達が他の絵職人たちと一緒に作業場で作っている。どの商品に、ましてや宗達がどの程度筆を入れたのかを見分けることは普通の者には到底不可能だ。たしかに宗達が特に認めた俵屋の商品には「伊年」の印を捺すようにしているが、烏丸光広は印など関係なく一瞬で見分け、的確に言い当てた——恐るべき眼力といえよう。

（あのひとの期待に、自分はほんまに応えられるんやろか？）

それが、宗達が返事をためらっている理由の一つだ。が、内心感じている怖さの正体はまた別のものだった。

本阿弥光悦の誘いを断り、鷹峯への移住を断念した八年前のあの時。——宗達は作品を通じて真の意味で理解し合える者たちと離れ、これからは地に足を着けた生活をしていこうと決めた。

あの瞬間、圧倒的な寂しさに打ちのめされながらも、心の片隅でどこかほっとしている自分に気づいた。

——ここから先は人ではなくなる領域に、ぎりぎり足を踏み入れずにすんだ。

そう思ったからだ。

烏丸光広は、本阿弥光悦とは別の形で宗達作品の真価を見抜いている。光広は、いったいどんな場所に自分を連れていこうとしているのか……。

宗達は、我に返って辺りを見まわした。

いつのまにか、長い夏の日が暮れ落ちていた。

中庭で秋の虫が鳴きはじめている。

部屋の隅に灯がともされていた。

そう言えば、妻のみつが座敷にきて明かりを灯《とも》し、無言のままそっと部屋を出て行く姿を見たような気がする。

(ああ、そうか。……そうやな)

気がつくと、宗達は我知らず苦笑していた。

結論は、とっくに出ている。妻はもうその答えを知っているのだ。

ぐずぐずと返事を延ばしているのは、たんに自分で自分に迷っているふりをしているだけだった。

宗達は首を振って立ち上がり、そのまま家を出た。

中立売門内の烏丸家を訪れ、仕事を引き受ける旨を光広に告げると、相手はさも当然のように、

——ほな、よろしゅうお頼みもうします。

と、あくびをしながら鷹揚《おうよう》に頷いてみせた。

*

──明日にでも、いっぺん行って、見てきておくれやす。むこうさんには、とうに伝えとりますよって。

烏丸光広にせかされて、宗達は翌日一人で養源院を訪れた。

建築物（養源院）がすでに存在している以上、内装画の制作は現地での作業になる。それは良いのだが──。

問題は、絵を描く場所だった。

山門からゆるやかな坂をのぼった正面、本堂（当時は〝客殿〟と呼ばれていた）の玄関をあがってすぐの戸板二枚。

さらに、その戸板を開けた先、まっすぐのびた例の〝血天井〟の廊下の突き当たりの奥の戸板二枚。

ひとまず、この四枚に絵を描いてほしいという。

寺の者から話を聞いて、宗達は困惑した。

指定された戸板四枚は、いずれも縦百八十センチ余り、横百二十五センチほど。戸板としては、まず通常のサイズだ。が、これまで扇を中心に掛物や短冊、絵巻といった、こまごまとした画面ばかりを手掛けてきた宗達にとっては異例ともいえる大画面である。

この大きな板に、いったい何を描けば良いのか？

まっさらな戸板を前にして、宗達はうむ、と唸った。

やっかいな問題がもう一つあった。

四枚の戸板には、いずれも上質の杉板が使われていた。油分を多くふくみ、撥水性《はっすいせい》が高い杉板は、建築素材としては優れているが、それらの特性は絵を描く場合にはそのまま裏返しの不利な条件となる。

これまで手掛けたことのない大画面。しかも、画面自体が絵を描くのに不向きな特殊な素材だ。細かい筆さばきはまず無理だろう。そもそも、杉板にどんな絵具が使えるのか試してみなければわからない。

養源院の内装画

としか聞かずに仕事を引き受けたのは、うかつといえばうかつな話だった。自分でもどうかしていたとしか思えない。

宗達がこの仕事を引き受けたことを早くも後悔しはじめていたそのとき、

――ええ具合に晴れましたなあ。

と背後から能天気な声をかけられた。

振り返ると、いつのまにか烏丸光広が眩しい陽光を背にして立っていた。光広は、難しい顔をしている宗達のすぐ隣に歩みより、

――で、どないな感じどす？

まだ何も描かれていない杉戸を一緒に覗き込んだ。

先に宗達一人で現場を見させて、頃合いをみて顔を出す。いやみなほど計算されたタイミングだ。

宗達は注文主である烏丸光広に現状を正直に語り、ついでに助言《アドバイス》を求めた。話をもってきた当の人物が、この杉戸にどんな絵を期待しているのか、まずは聞いておきたかった。

烏丸光広は額に手を当てて、一瞬考えたあとで、

――ともかく明るいもんを。

と、へらりと笑って答えた。

血天井、徳川武将の怨念などという暗い話題を封印する明るい絵――という意味なのだろう。が、何を描くかの助言にはまるでなっていない。

宗達が顔をしかめていると、烏丸光広は頭をかき、思いついたように言い直した。

――にらむ、いうのはどうどっしゃろ？

宗達は眉をよせ、光広の提案を検討した。

のちの江戸歌舞伎では団十郎《だんじゅうろう》の「にらみ」が有名になるが、もともとは〝強い者がその力を誇示してみせることによって厄《やく》を払う。邪悪《じゃあく》なものが立ち入らないよう、強い視線で結界《けっかい》を張る〟。

それが「にらむ」の意味だ。

古来仏教美術においては、不動明王《ふどうみょうおう》像や四天王像、金剛力士《こんごうりきし》像（仁王《におう》像）などが憤《ふん》怒《ぬ》の相《そう》で描かれ、邪《じゃ》を払う存在とされてきた。

「ほな、ここに仁王さんでも描きまひょか？」

宗達が自分でも迷いながら提案すると、烏丸光広はたちまち渋い顔になった。

――どやろ？　仁王さんやったら、よけいに怖《こわ》なるかもしれんなぁ。

そう呟いて、首をひねっている。

――なんやこう、もっと女こどもが飛びつくような、はっきりしたものはないやろか。ごちゃごちゃした絵やのうて、ぱっと明るい、それでいてどんとした……。

そんなことを独りごちながら、光広は宗達の顔をちらちらと窺い見ている。

要するに、インパクトの強さが必要ということらしい。

宗達は覚悟を決め、頭のなかに絵手本を広げた。烏丸光広の言う面倒な条件に合う図柄を、本気で、猛烈な勢いで探してまわった。

――唐獅子《からじし》と……白象《はくぞう》図は、どうどっしゃろ？

恐る恐る、訊ねた。

ここで言う唐獅子や白象は想像上の生き物で、実際の獅子（ライオン）や象とはあまり関係がない。沖縄のシーサーや神社の狛犬《こまいぬ》と同じである。

唐獅子は渦巻くたてがみと、ぎょろりとした大きな目が特徴だ。「にらむ」という意味では申し分ない。唐獅子はまた文殊菩薩《もんじゆぼさつ》の乗り物ともいわれ、不吉な噂を払うという意味合いも含んでいる。

一方の白象は、普賢菩薩《ふげんぼさつ》の乗り物としてしばしば唐獅子とセットで描かれる。白象はまた「釈迦涅槃図《しやかねはんず》」の定番の動物図案でもある。

表の杉戸二枚に唐獅子図を描き、奥の杉戸二枚には白象図を描く。

これなら「女こどもが飛びつくような」「ぱっと明るい」「それでいてどんとしたもの」という烏丸光広の条件にぴったりだ。

光広は眉を寄せ、空を見上げて、あれこれ図柄を想像する様子であった。あらためて宗達にむきなおり、

──それでいこか。

鞠《まり》でも放り投げるようにそう言って、晴れ晴れとした笑みを浮かべた。

図柄は決まった。

寺の玄関をあがってすぐ、正面の二枚の杉戸には、ぎょろりとした目、八方睨みの唐獅子図。

宗達は向かって右の杉戸に白、左に金色の唐獅子をそれぞれ一頭ずつ、戸面からあふれんばかりの大きさで描いた。

右の白い唐獅子はまさに飛び上がらんと身をかがめ、左側の金色の唐獅子は、ちょうど着地したところなのか、逆立ちするような不思議な姿勢《ポーズ》だ。

足を高く蹴上げ、たてがみを強く渦巻かせた宗達の唐獅子図は、伝統的な文様風でありながら、どこかユーモラス。さらに、いまにも動きだしそうな生き生きとした躍動感にあふれている（同じ唐獅子図でも養源院の仏間に狩野派が描いた唐獅子は重厚、といえば聞こえはいいが、暗い。同じ生き物とは思えないほどだ）。

玄関正面、向かって右の白い唐獅子が描かれた杉戸を開けると、廊下の奥に二頭の白象の姿が見える。

引手金具の位置もおかまいなしに、杉戸いっぱい、余すところなく描かれた巨大な象は、唐獅子図にもまして大胆奇抜な意匠だ。

長い二本の牙をもつ丸まるとした白い珍獣（象）の姿は、ひとたび宗達の筆にかかるや、ほとんど楕円《だえん》にちかい形にまで抽象化、単純化され、そのことで逆に力強さと同時に親しみやすさ、愛嬌《あいきょう》さえ感じさせる図案へと姿を変える。

宗達の絵にはもともと向日性《こうじつせい》とでもいうべき天性の明るさがある。これらの杉戸絵ではその特徴が最大限引き出された印象だ。

杉戸という不慣れな素材に絵を描くにあたって、宗達はさまざまな工夫を試みている。

唐獅子の金色一つとっても、かれが長年使い慣れた金泥絵具ではなく、金箔《きんぱく》を貼って彩色している。油分の多い杉戸では、金泥絵具の色が思うように出せなかったからであろう。

唐獅子・白象の動きを出すために、宗達はこれまで使ったことのない極太の筆を用いた。

さらに、薄い墨で輪郭《りんかく》線を描く〝彫り塗り〟の技法。これも初めてだ。

白は胡粉《ごふん》の刷毛《はけ》塗り。

象の牙には少し金を混ぜた。

その結果。――

慣れない画面形式、新しい素材や技法をはじめて試したとはとても思えない見事な仕上がりとなった。

完成した唐獅子・白象図を見て、烏丸光広は手をうって喜んだ。

――これや、これ。まさにこんな絵を期待しとりましたんや。思とったとおりの出来映えどす。

烏丸光広にけしかけられた、という感じが多少しないでもない。

宗達が描いた杉戸絵の効果かどうか。

養源院にまつわる気味の悪い噂は、その後いつのまにか聞こえなくなった。

十七　みつ

はじめて俵屋の扇を見たのは、いくつのときだっただろうか？

たぶん、みっつか、よっつ。

扇を広げると、細かな筆遣いで美しく描かれたすすきや萩《はぎ》、おみなえしといった秋草のあいだに、ぽっかりと大きな半月が浮かんでいた。

広げた扇を動かすと、秋草が風にそよぎ、虫の声が聞こえた。一瞬、冷たい銀色の月の光に照らし出された秋の夜の野原に一人で立っている自分の姿が——ありもしない幻の情景が——頭のなかいっぱいに広がった。

子供ごころに、どきどきした。

こわいとは、少しも思わなかった。

その扇は、ひろげ具合や、見る角度で、いろんなふうに見えた。扇をもった手を近づけたり遠ざけたり。それだけで印象ががらりと変わる。たしか、そのあたりで父親に見つかり、

——子供の遊ぶもんやないで。

と怖い顔でしかられ、扇を取り上げられた覚えがある。

——遊んどるんやない。もういっぺん見せて！

まわらぬ口で懸命に主張したはずだが、相手にもされなかった……。

店の中ほどに立ち、棚に並んだ商品を見まわしていたみつは、くすりと思い出し笑いをした。

あのときは自分がこの店に嫁いでくることになるなんて、まさか思いもしなかった。

——自分はいま、あの絵を描いた人と夫婦《めおと》になって一緒に暮らしている。

時々ふとわれに返って、なんだか信じられない気がする。

みつが生まれ育った堺《さかい》は美しい港まちだ。

みつの名前は〝美しい津《つ》（港）〟、堺にちなんで付けられた。

父は堺で裕福な絹織物問屋を営む「松屋《まつや》」の主人・松屋儀兵衛《ぎへえ》。合議によって堺の自治を掌《つかさど》る十人の納屋衆《なやしゅう》（会合衆《えごう》とも）の一人だ。

みつは子供の頃から、港に着く、たくさんの船を見てきた。

船からは、不思議な、見たこともないさまざまなひとやものが降りてくる。

最初に船から降りてくるのは、遠い異国からはるばる海を渡って来たひとたちだ。高麗《こま》や唐《から》（明《みん》）、琉球《りゅうきゅう》王国のひとたちは、顔を見ただけでは堺のひとたちと区別がつかないが、それぞれ独特の服装をしている。優しい笑みを浮かべたシャムの人。大きな襟飾《えりかざ》りのついた変な上着をきて、裾《すそ》のつまった妙な形の袴《はかま》をはいた南蛮《なんばん》の人たち。燃えるような赤い髪の毛、青い目をした背の高い男が船から降りてきたときは、見物の子供たちはみな目を丸くして驚いたものだ。

かれらが話すことばはどれも違っている。独特の抑揚。音楽のように聞こえる。何を言っているのか全然わからない。かれらにはたいてい通辞のひとがついている。

人の次は生きた獣たち。大小の猿、鸚鵡《おうむ》に鸚哥《いんこ》、その他極彩色の羽をもった様々な鳥たち、鹿（麝香獣《じゃこうじゅう》）、豹《ひょう》。一度などは、信じられないほど大きな蛇を入れた籠《かご》が船から降ろされるのを見たこともある。

その後は、唐渡り・南蛮渡りの貴重な品々だ。呂宋《ルソン》の大壺や唐の茶碗、マカオやシャムから来た家具や道具類、安南《アンナン》の布、琉球の楽器、南蛮の時計や地図、といった様々な高価な品物が慎重に陸揚《りくあ》げされる。

船が着いた夜はたいてい、港に目映《まばゆ》いばかりの明かりが煌々《こうこう》と灯され、一晩中賑《にぎ》やかに荷下ろしが行われた。だから堺の子供たちはみんな、暗い夜が昼の続きで、夜の後にはまた朝が来ることを当たり前のように知っている。

堺のまちなかではいつも風にのって色々な楽器の音が聞こえた。さまざまな笛の音《ね》。笙《しょう》。ひちりき。鼓《つづみ》。金鼓《きんこ》。聞いたこともない異国の音。蛇皮線《じゃびせん》が伝わったのも堺が最初だ。

唐物《からもの》、南蛮の文物《ぶんぶつ》・道具類はみな、堺にいったん陸揚げされた後、京のみやこに運ばれる。堺に優れた目利《めき》きたちが集まっていたのは、いわば必然の成り行きというわけだ。

堺にはまた、戦乱の世に京から避難してきて、そのまま住み着いた公家や僧侶、豪商、さまざまな工人・職人たちが大勢いた。かれらのあいだでは流行の連歌《れんが》の会が盛んに行われていて、その後は、たいてい茶の湯の会となる。なにげなく使われているのは驚くほど高価な道具類だ。

異国の人たちとの交流も盛んだった。堺にはキリスト教に改宗して南蛮風の名前をもつ者も少なくない。

聞いた話では、遠い異国・南蛮の国にべにすというまちがあって、堺と同じように裕福な町人のなかから相互に選ばれた納屋衆がまちを治めているらしい。まちなかでは喧嘩禁止、刀など武器所持の禁制があるのも、堺と同じだという。

長くうち続いた戦乱の世のあいだ、堺も無傷ではいられなかった。

堺に蓄《たくわ》えられた莫大《ばくだい》な富をねらって、多くの野武士《ならずもの》たちが次々に現れた。無理難題を吹きかけるかれらに対して、堺の納屋衆たちは様々な策を巡らせて、堺のまちを守ってきた。ときには大金を払い、あるいは珍しい道具類を贈って相手に〝お引き取り〟いただくこともあれば、対抗勢力に働きかけて背後を襲わせ、当面の敵を追い払ったこともある。

知恵と富の力で危機を切り抜ける。いざとなれば、まちの人たちが総出で堀を巡らせ、櫓をたてて、侵入者に対抗することも辞さなかった。

その後現れた織田信長や豊臣秀吉といった〝天下人〟に対しても、堺は基本的に同じ姿勢を貫いた。大事なのは、堺のまちが堺のまちらしく在り続けること――誰かに支配されるのではなく、自分たちの手でまちを治めていくことだ。そのためには、面《めん》従腹背《じゅうふくはい》、表向きは恭順《きょうじゅん》の意を示しながら後ろを向いて舌を出すことなど、堺の納屋衆にとっては何でもない、普段どおりの、当たり前の話だった。

豊臣と徳川のあいだで起きた大坂の陣のあおりをうけて、堺のまちのほとんどが焼失した。そんなときでも、みつの父親・松屋儀兵衛は、店や家屋敷が紅蓮《ぐれん》の炎をあげて燃え落ちるのを腕を組んで眺めながら、娘にこっそりとこう耳打ちした。

――大丈夫や。大事なもんはみんな、とっくに別なところに移しとる。

半分は負け惜しみ、だったのだろう。

武将《ならずもの》たちが勝手にはじめた、自分たちとは何の関係もない戦《いくさ》で家屋敷を焼かれて悔しくなかったはずはない。それでも、表面上はけろりとして「大丈夫や」と言い切るふところの深さが堺の商人にはあった。

みつに結婚話がもちあがったのは、堺のまちなかにまだ焦《こ》げ臭《くさ》い匂いが残る元和元年（一六一五年）の歳の暮れ。——

全焼した「松屋」の店と家屋敷を元の場所に再建している最中だった。

仮住まいの一室で話を聞かされたとき、みつは父・儀兵衛がいまさらなにを言い出したのかと訝しんだ。

三人姉妹の真ん中。三つ下の妹が生まれてすぐに母を亡くしたみつは、お姫《ひい》様気質《かたぎ》の姉と、甘ったれの妹のあいだで、自らかってでた〝母親代わり〟をつとめてきた。数年前に姉が大坂の商家に嫁ぎ、最近ようやく妹に婿養子を迎えて、気がつくと自分は嫁《い》き遅れていた。

周囲からはよく〝松屋の美人姉妹〟といわれた。亡くなった母親似の姉と妹のことだ。

父親に似たみつは小柄で丸顔、ふくよかな体型で、姉や妹のような人目をひく美人というわけではない。が、陽気で明るい性格、色白の肌、見ようによっては愛嬌のある可愛い顔といえなくもない。ましてや、堺納屋衆の一人・松屋の娘だ。みつにはこれまでも縁談、結婚話のたぐいが真砂《まさご》の数ほどもちこまれていた。みつ自身が乗り気にならず、断りつづけていたのである。

このままずっと家に残って、父親の世話をしていくつもりだった。

ひがみや義務感から、ではない。

自分の名前の由来となったこの美しい港まちが大好きだった。知らない土地に嫁いで堺を離れるくらいなら、嫁になどいかない方がいい――素直にそう思っていた。

みつの気持ちは、父・儀兵衛もよく知っているはずだ。それなのに、同じ堺の町衆との縁組というならまだしも、今度の結婚話は遠く京に店を構えた相手だという。

「昔から、うちと付き合いのある店でな。今度、その店を若旦那が継ぐことになったらしい」

儀兵衛は己のあごを指先でつまみながら言った。見れば、みつに似た細い目の端に笑みが浮かんでいる。――何か企んでいるときの顔だ。

「断っとくれやす」

みつはきっぱりと言った。

「いまさらこの家を出て、嫁に行く気はおまへん。まして、京やなんて……」

「そうか。そら残念やな」

儀兵衛はそう言うとひょいと横を向き、横目で娘の顔をちらちらと窺いながら、

「向こうさんは京の扇屋——ほれ、おまえが小《ち》っさいとき、いつも欲しがっとった扇があったやろ。あの扇に絵を描いとる、俵屋の若旦那が相手なんやけどな」

みつは眉を寄せ、ふいに、とんっ、と誰かに背中をたたかれたような気がした。

子供のころに見た扇が、いくつも頭のなかに浮かんだ。

秋の野に浮かぶ半月。

鶴や、鹿を描いた扇もあった。

竹。梅《うめ》が枝《え》。早蕨《さわらび》。藤の花。州《す》浜《はま》。空を渡る雁《がん》の群……。

どの扇も、開いた瞬間、一目で心をもっていかれた。人の手が描いたものとは、とても思えなかった。子供ごころに、どきどきした。

あの扇絵を描いた人が京で生きている？　息をして、生活している？　その人と、自分が夫婦《めおと》になる？

それが何を意味するのか、みつにはうまく想像ができなかった。混乱して、頭のなかがぐちゃぐちゃだった。

「……みつ……おみつ」

父親の声で、はっと我に返った。

「で、どないする？」

みつはひざを乗り出すようにして、この話をぜひとも進めてくれるよう父親に頼んだ。

うって変わった娘の態度に、今度は父親の方が慌てる番だった。

「待て、待て。相手は若旦那、いうても、四十過ぎのおっさんらしいで。しかも、だいぶ変わり者いう噂や。ほんまに、ええんかいな?」

みつの耳に、もはや父親のことばなど届いてはいなかった。

あの扇絵を描いた人に一刻も早く会いたかった。こんな気持ちは生まれてはじめてだった。

(きっと、これが噂に聞く恋というものなのだ……)

みつはぼうっとする頭でそう思った。

それがみつにとっての恋だったのかどうか。——

結婚相手である俵屋の主人・宗達には最初から驚かされっぱなしだった。

婚礼当日。

「末長く、よろしゅうおたのみもうします」

と頭を下げて挨拶したみつは、結婚相手となる男の手に何げなく目をやって、思わずあっと声をあげそうになった。

手に絵具がついていた。

金泥銀泥が一刷毛《はけ》ずつ。あとは、緑青《ろくしょう》の緑と岩絵具の赤。

呆気にとられて絵具がついた手を見つめるうちに、みつはなんだか愉快になってきた。

婚礼の日だというのに、この人はさっきまで絵を描いていたのだ。たぶん、何をしていたら良いのかわからなかったのだろう――。

絵具のついた男の手を、みつは美しいと思った。

この人と自分は結婚することになった。

その事実が急に実感された。

みつは顔をあげ、絵具がついた手の主である男の顔をはじめて見た。

結婚相手である俵屋宗達は。――

い、い、
ぼんやりしていた。

どうやら、自分が結婚することがうまく実感できない様子だ。

(さっきまでの自分と一緒や)

みつはそう思って、ふき出しそうになった。

婚礼当日、手に絵具がついていたことは誰にも、宗達本人にも、言っていない。自分だけの胸にしまった秘密だった。

みつが嫁いで来た当初、俵屋はお世辞にもきれいと言える店ではなかった。先代の俵屋主人・仁三郎は早くに妻を亡くし、その後ずっと男やもめを通してきた。

みつが結婚した相手・宗達は、幼いころに西陣《にしじん》の本家・俵屋から貰われてきた養子で、絵がうまいことだけが取り柄の変わり者。

先代は、近ごろは病がちで、床についていることが多い。

と、だいたいの事情は聞かされていたので予想はしていたのだが、実際嫁いできてみれば、見事なまでの男所帯だった。掃除や煮炊《にた》きのために下女《げじょ》を何人か雇ってはいたが、男衆ばかりではどうしても使い方が下手だ。

厳しい監督者がいなければ、下女たちはいくらでも仕事の手を抜く。

みつが俵屋に嫁いできてからというもの、下女たちは驚くほど勤勉に働くようになった。掃《は》いて、拭《ふ》いて、といった掃除ひとつとっても、これまでとは出来栄えが歴然とちがう。

俵屋は、見違えるほど小ぎれいな店になった。いつもほこり一つなく、ぴかぴかに磨き上げられている。久しぶりに俵屋に扇を買いに来た常連客が店内を見まわして、目を丸くして驚いたくらいである。

店がきれいになれば、展示商品から受ける印象もぐっとちがってくる。

扇は都たわら屋。

俵屋が京一番の扇屋となった何割かは、みつのおかげといって良い。

宗達とのあいだには、娘ばかり、二人の子供が生まれた。

先代の仁三郎が亡くなる前に娘たちの顔を見せてあげられたのは、本当によかったと思う。

多鶴《たづ》と鹿栄《かえ》。

二人の名付け親となった仁三郎が眠るように亡くなった後、俵屋はみつの実家である堺・松屋の支援を受けて、絵屋をはじめた。

俵屋は、いまでは扇だけでなく、屛風や掛物、絵巻、短冊、カルタなど、絵付けできるものは何でも手広くあつかい、それにしたがって商売の規模もずいぶん大きくなった。

店の主人・俵屋宗達は、みつが結婚前に聞いていた噂にたがわず、変わり者だった。いったん絵を描き始めると寝食を忘れて没頭する——周りの音は何ひとつ聞こえなくなる——呼んでも返事もしない——といったことは、仕事だから、まあ、仕方がないと言えなくもない。だが。

店の常連客の顔をいつまでたっても覚えない。

お金の勘定《かんじょう》が恐ろしく苦手。

ときどき、店先や道端に突っ立って、ぽかんと空を見上げている。

これでも、以前に比べればずいぶんましになったという話だ。

自分がいなければこの店はどうなっていたのか、と思う。

不思議なもので、宗達は幼い子供や動物にはむやみと懐《なつ》かれた。犬や猫、小鳥にかぎらず、馬や牛などの大きな動物、はては鶉《うずら》や鴨、鴛鴦《おしどり》、水鶏《くいな》、鹿、猪といった野の生き物たちまでが宗達に懐いてくるのは、そばで見ていて呆れるばかりだ。もっとも、宗達自身はべつだん何とも思っていない様子で、たいていは少し困ったような表情を浮かべて子供や動物たちに接している。


——最近、気づいたことがある。

絵を描いている途中、宗達が筆を止め、茫《ぼう》っとしていることがあった。

ほとんどは目の前の絵について考えているときだ。構図や色、きめについて。けれど、そのうちの百回に一回、あるいは二百回に一回、宗達は目の前の絵を離れて別のことを考えている。

別の女のことだ。

気づいたのは、偶然。

あるときみつは、扇を前にぼんやりと考えごとをしている宗達の手元を覗き見て、はっとした。

扇の絵に見覚えがあった。

子供の頃、みつは姉や妹とともに父・儀兵衛に連れられて京に来たことがある。当時〝天下一〟と謳われ、遠く堺でも評判を博していた「出雲《いずも》阿国一座」を北野天満宮に観に来たのだ。

あのときのことは生涯忘れられない。

何も知らずに観に来た阿国一座の舞台は、子供ごころにも途方もなく新鮮で、面白いものに感じられた。目まぐるしく移り替わる派手な舞台に、最初から最後まで息をつく間もなかった。あまりにも興奮しすぎて、みつは堺に帰ったあと、熱を出したくらいだ。

ぼんやりと考えごとをしている宗達が目の前に置いている扇は、あのとき舞台で阿国が手にしていた扇と同じものだ。

阿国が扇を動かすたびに舞台に風が吹き、その風にのって阿国の体がふわりと宙に浮かぶような気がした——。

みつはそっと宗達の顔を覗き込んで、確信した。

(この人《あのひと》はいま、阿国のことを考えている……)

かつて出雲阿国が俵屋に宗達を訪ねて来た、という話を聞いたことがある。

何年も前の話だ。詳細は知らないし、訊ねる意味もない。

出雲阿国は、十年程前、マニラ行きの船に乗る姿を見かけたという噂を最後に行方がわからない……。

宗達が知っているのは、たぶんそこまでだ。

その後の阿国の消息については、じつを言えばみつの方が詳しかった。

貿易港である堺は、海外のさまざまな最新の情報が集まるまちでもある。たとえば、みつが子供のころ、堺のまちに、

「呂宋助左衛門《ルソンすけざえもん》」

の異名で知られた名物納屋衆がいた。

危険を顧みず、自ら何度も海を越えて堺と呂宋を行き来し、莫大な利益を得た貿易商人だ。一時は豊臣秀吉に珍品の呂宋の壺を献じるなどして権力者に近づいたが、その後、あまりの奢侈《しやし》ぶりを咎《とが》められ、雲行きが怪しくなると、彼は堺の家屋敷を引き払い、さっさとルソンに移住してしまった。いまでは、さらにその先のカンボジア国に赴《おもむ》き、かの国の国王に重用《ちようよう》されて、何不自由なく暮らしている。

同じ納屋衆であったみつの父・松屋儀兵衛とは、いまでも時折便りを交わす間柄だ。

助左衛門からの便りのなかに「おくにと名乗る女性がこちらで一座を立ち上げ、最近、賑やかな興行を執り行った」という情報があった。

宗達には伝えていない。

いずれにしても、遠い異国の話だ。それより――。

みつは、宗達が心に思い描いている女がもう一人いることにも気づいている。

遠く海を隔てた場所にいるおくにとは違って、こちらはもっとずっと近く。

洛北《らくほく》・鷹峯に住む本阿弥光悦の娘、さえ（冴）どのだ。

鷹峯に移住したあとも、本阿弥光悦と俵屋との商いが絶えたわけではない。

父・光悦とともに鷹峯に移り住んだ冴《さえ》が、光悦の使いとして俵屋を訪れることがあった。

先日も〝切り継ぎ〟〝重ね継ぎ〟を施した珍しい色変わり料紙をもって、俵屋を訪れたばかりだ。店表でさえどのが、版木《はんぎ》摺《ずり》下絵についての父・光悦の意向を注意深く、かつ的確に店の者に伝えるあいだ、宗達は裏の仕事場で手をとめ、じっと彼女の声に耳をすませていた。あれは注文内容を確認していただけではない。一見ぼんやりしているような宗達の表情の微妙な変化は、妻であるみつにしかわからない。

さえどのは、たしかみつより二つ三つ年上。嫁にはいかず、父・光悦のそばで手伝いを続けている。さえどのは、いまでもまるで少女のように若々しい。名前通り〝さえざえ〟とした、あたかも高麗《こま》渡りの青磁《せいじ》を思わせるこまやかな美しい肌。端整だが、少々きびしすぎる顔立ち。独特の雰囲気をたたえた女性だ。

もっとも――。

宗達はどうやら、自分自身が時折、阿国や冴のことをぼんやりと考えていることに気づいていないらしい。

みつはそれもわかっている。

もちろん、わざわざ言う必要がないことも。

わからなくなったのは、あのお公家さんが来てからだ。

祇園会山鉾巡行《ぎおんえやまぼこじゅんこう》の日に突然の雷雨とともに姿を現した妙なお公家さん――烏丸光広と付き合いはじめてから、みつはときどき宗達のことがわからなくなった。

婚礼の日にはじめて顔を合わせて以来、みつは自分が結婚した相手・宗達について理解しようとつとめてきた。たしかに、宗達は変わり者だった。ある意味、結婚前に聞かされていた噂以上ともいえる。

最初はとまどうこともあったが、じきに馴れた。宗達は子供や動物に無条件に優しい――というか、かれらに同類と見なされているふしがある。なにより、宗達が描く絵はすばらしかった。子供のころに見た扇絵も忘れられないが、最近の扇絵はもっと良い。みつは結婚して八年たったいまでも、宗達が描く扇絵を見るたびに思わずため息が出る。

宗達が描く扇絵は、あるいは色紙絵は、短冊絵は、絵巻は、どれも繊細で、美しい。明るく、そして軽やかだ。見つめていると、絵が動き出す。否、動いているのは絵ではなく、見ている者のこころが動きはじめる――そんな気分になる。

いくら周囲から変わり者と言われようとも、みつは宗達を尊敬した。こんなすばらしい絵を描く相手と一緒に暮らせることになった己の幸運をかみしめた。たとえ宗達が時折別の女《ひと》のことをぼんやり考えているにしても、この人を理解しているのは自分だけだという思いは変わらなかった。それなのに――。

烏丸光広の口利きで東山・養源院の内装画の仕事を引き受けてからというもの、宗達が何を考えているのか急にわからなくなった。

お寺の内装画は「絵師」の領分だ。本来はまちの絵屋に持ち込まれるような仕事ではない。詳しい事情は知らないが、今回は色々と複雑な経緯があって「俵屋」に、というよりは、宗達個人に依頼がまわってきたらしい。

みつは最初、宗達の様子がおかしいのは、今まで手掛けたことのない仕事が不安なのだろうと思って心配していた。だが、仕事を終えて帰ってきた宗達をひとめ見て、みつは自分が勘違いしていたことに気がついた。

目がきらきらと輝いていた。口元が綻《ほころ》び、全身から高揚感が滲み出て、いつもの宗達とはまるで別人のようだ。

みつが知らない宗達の顔だった。

後日、みつは宗達が養源院の杉戸に描いた唐獅子・白象図を見に行って、啞然とした。

こんな絵は、見たことがなかった。

明るい、のびやかな線。杉戸という大きな画面に即した軽やかで大胆な筆遣いは、扇絵や色紙絵とは異なるが、全体の構図やきめは、たしかに宗達のものだ。それでいて、宗達がふだん絵屋の作業場で描いている絵とは何かが決定的にちがっている。なんだか、宗達の肩ごしにあの妙なお公家さんが顔を覗かせているような感じだった。

程《ほど》なく、絵の出来映えに満足した〝施主さん〟——〝宮中のさるやんごとなきお方〟という話だ——から、杉戸の裏にも絵を描くよう追加注文が来た。

宗達はすっかり気を良くした様子で、下絵づくりに取りかかった。

玄関の杉戸裏は水犀《すいさい》。火難を避ける神獣だから、数年前に火事で全焼している養源院にはうってつけだ。

廊下奥の白象の裏にはもう一度唐獅子。今度は構図を工夫して、右の杉戸の金色の唐獅子は宙をけって天に昇り、左の緑青を塗った唐獅子は反対に天から地上に舞い降りてくる――。

杉戸裏の絵は、結局、下絵を描いただけで「俵屋」の他の絵職人に任せることになった。

同じ施主さんから、さらに別の仕事の依頼があったからだ。

養源院奥の間の襖絵《ふすまえ》を描いてほしい、という。

話をもってきたのは、やはりあのお公家さん・烏丸光広だった。

烏丸光広は〝いま業平《なりひら》〟と噂されるほどの美男子だ。身分の高いお人だというのに、俵屋に来ても少しも偉ぶらない。物言いはあくまでやさしく、丁寧で、しかもちょっとした言葉の端々に教養が滲み出る。ことに女たちへの気遣いのこまやかさは驚くばかりで、俵屋の下女たちはみな烏丸光広が来るたびにそわそわして落ち着かない。まだ幼い二人の娘たちまでが、いまではすっかり烏丸光広の熱烈な支持者《ファン》だ。

――お公家さんやのに、ちょっともエラそうにせぇへん。ほんま気さんじなお方や。

〝気さんじ〟とは〝気分がせいせいすること〟といったほどの意味で、京ことばには珍しく裏に別の意味を含まない手放しの褒め言葉だ。けれど。

みつは、どうしても烏丸光広が好きになれなかった。

理由は自分でもよくわからない。烏丸光広が来るたびに、宗達が扇屋・絵屋の本分を忘れて、どこか遠い場所に行ってしまいそうな気がする。背筋にひやりと冷たいものを感じる――。

みつは、ふっと一つ息をついた。きびすを返して俵屋の店の奥の座敷にむかう。

宗達が出掛ける準備をしているはずだ。これから養源院襖絵を描きに行くことになっている。

――総金地。その上に、松の古木《こぼく》と岩を描こう思とります。

先日宗達が、訪ねてきた烏丸光広を相手に珍しく興奮した口調で話をしているのを小耳に挟んだ。また、お公家さんに煽《あお》られているような気がしないでもない……。

廊下を渡って店の奥の座敷を覗くと、宗達が着替えに手間取っていた。袴のひもを手に四苦八苦している。養源院の奥の間ということで、はき馴れぬ袴をつけていくことにしたらしい。

宗達は、あれだけの絵を描く器用な手をもちながら、なぜか袴のひもを結ぶのが下手だった。特におろしたての新しい袴の場合、自分でやると大抵じきにほどけてしまう。

みつは座敷のなかに歩み入り、宗達の前にひざをついた。ひざ立ちになり、宗達の手から袴のひもを取り上げる。宗達は、されるがままだ。しゅっしゅっ、と小気味よい音を立てて袴のひもを宗達の腰に回し、最後にへその前で十文字に袴結びをこしらえてやった。

顔を上げると、宗達は少しはにかんだ様子で、へらりと笑った。みつが知っている、いつもの宗達の顔だ。

――この人の妻は、やっぱり自分でないとつとまらない。

そう思って、なんだかおかしくなった。

立ち上がり、そのまま宗達のあとについて店の前まで送りに出た。

「ほな、行ってくる」

勇んで出かける宗達の背中に、みつは爪先立ちするように背伸びをして、声をかける。

――はよう、おかえりやし。

十八　蔦の細道図屏風

この時期宗達は、烏丸光広とともに、しきりに京のまちを出歩いている。烏丸光広が連日のように、たいていは供も連れず一人でぶらりと俵屋を訪れ、店表に立って、

——絵道具をもって一緒に来てほしい。

と、まるで子供が友人を遊びに誘うような気楽な感じで宗達を呼び出すのだ。

宗達も、これでも一応〝京で評判の絵屋〟「俵屋」を預かる身である。最初のころは困惑し、どこに、何をしに出掛けるのかいちいち訊ねていたが、光広はいつもにやにやと笑いながら「まあ、ちょっとそこまで」と言うばかりで埒《らち》があかない。

何度目かからは、あきらめた。

絵道具一式。持ち運びが便利な箱におさめ、いつ呼び出されても良いよう準備した。

俵屋を訪ねた烏丸光広が何も言わないうちに、宗達は絵道具一式をもって店表に出

る。光広が片方の眉を引き上げ、にやりと笑って通りを歩きだす——近ごろではそんな具合だ。

烏丸光広が宗達を連れて行く先は、たいていは高位の公家屋敷である。

どういう仕組みになっているのか宗達にはついに理解できなかったが、光広と一緒であれば、どんな屋敷にも無条件で入ってゆくことができた。こんにち言うところの〝顔パス〟だったのだろう。門を衛《まも》る警護の者たちに呼び止められたことは一度もない。光広の方でもかれらの姿が見えているかどうか、怪しい感じだった。

烏丸光広は驚くべきことに、どの公家屋敷にどんな書画の名品が所蔵（しばしば〝秘蔵〟）されているのか、完全に把握していた。

宗達を連れた光広は、そのまま公家屋敷の奥座敷に上がり込み、

——こちらに所蔵されているこれこれの名品。眼福《がんぷく》にあずからせてもらえまへんやろか。

と、けろりとした顔で家の者にいう。

事前の約束など取りつけることなく、いきなり来て、この態度だ。

（たたき出されるのではないか？）

うしろで見ている宗達はひやひやした。

ところが、お公家さん同士というのは妙なもので、直截《ちょくせつ》すぎる光広の物言いに、言

われた方は逆に毒気を抜かれた様子で、

「仕方おへんなあ。今回だけどすえ」

と苦笑しながら、門外不出の秘蔵の品を引っ張り出して見せてくれるのだった。

――いやはや。こら、たいしたものどすなぁ。

烏丸光広は秘蔵の品を拝み見て、心底感心したように声をあげる。そうして、

――せっかくの機会なんで、模写させてもろてもええやろか？

と、横目づかいに相手の顔色を窺いながら訊ねる。渋る相手には、ときには恩を着せるように、ときには阿《おもね》るような口調でもう一度頼む。

「光広はんにそない言われたら、否《いや》とはよう言えしまへんなぁ」

と相手はたいてい半笑いの顔で首を振り、

「よそさんでは、どうぞ言いふらさんといておくれやっしゃ」

となる。

近くで見ている宗達が呆れるばかりの交渉術だ。

ここからが宗達の出番となる。絵道具を箱から取り出して模写の準備をはじめると、家の者たちはたいていそこに人がいたことに初めて気づいたような顔になった。

物問いたげな視線を受けて、烏丸光広が宗達を紹介する。

「たわらや？」

お公家さんたちはまるで判で押したように、眉を寄せ、思案顔で呟いた。
「なんや聞いたことがおすなぁ。ほんなら、近ごろ下々のもんに評判の、京で一番の扇屋いうのは……？」
そう言って、なかば開いた扇のかげから宗達を覗き見る。
宗達は相手に向きなおり、丁寧に頭を下げて、
「上京で絵屋をひらいとります。どうぞ、ご贔屓《ひいき》に」
そう言って、新作の扇や色紙絵を見本として置いてくる。
俵屋にとっては営業活動の一環というわけだ。
公卿が所蔵する貴重な門外不出の絵画を、宗達はこの時期、数多く模写する機会を得た。
唐渡りの珍しい色絵《いろえ》、時代が異なる様々な水墨画《すいぼくが》
花鳥画《かちょうが》、風景画
人物、神仙図《しんせんず》
犬、水鳥、猿、鹿、牛、馬
屏風、掛物、短冊
平安王朝時代の様々な物語絵巻

かつて宗達は、本阿弥光悦の紹介で裕福な上層町衆が所蔵する絵を熱心に模写してまわったことがあった。一方、烏丸光広が宗達を連れまわしたのは、光悦の人脈とはまるで異なる、高位の公卿屋敷ばかりだ。

はじめて目にする貴重な絵画——噂でしか聞いたことがない名品ばかり——を前に、宗達は何度息を呑んだかわからない。模写しながら、

——なるほど、こんなふうに描けるんか。

と、ひざを打ち、あるいは目から鱗《うろこ》が落ちる思いがしたのも一度や二度ではなかった。

そんなある日。

やはり烏丸光広とともに訪れた公卿の屋敷で、唐渡りの見事な水墨画を模写していた時のことだ。宗達はめずらしく途方にくれた。

墨をいったいどんなふうに使えば原本《オリジナル》と同じ効果が出せるのか、どうしても思いつかなかった。

宗達は絵を前に腕をくみ、うん、と唸った。いくら考えても良いアイデアが浮かばない。

ふと、尿意をもよおしていることに気がついた。絵を描くのに夢中になると、よほど切羽詰まらないかぎり意識にのぼらない。俵屋の作業場でもぎりぎりになって厠《かわや》に

駆け込み、じつを言えば間に合わないこともたまにあった。

が、公卿のお屋敷でまさか小便を漏らすわけにはいかない。厠の場所を訊ねようと思い、振り返ると部屋には誰もいなかった。

(みな、どこ行きはったんやろ?)

そういえば、これまでにも模写に夢中になっていて、気がつくと部屋に一人取り残されていることが何度かあった。そのときは不思議に思っても、すぐに目の前の絵の筆遣いに引き込まれて、それきり忘れていたのだが、今回ばかりはそういうわけにもいかない。

宗達は渋々絵の前から立ち上がり、厠を探して屋敷のなかを歩きまわった。

広いお屋敷で、部屋数も多く、まるで迷路のような造りだ。そのくせ長い廊下には、なぜか掃除をする下女の姿一人見えない。

(よわったな)

と思って足を止め、頭をかいていると、どこからか人の話し声が聞こえてきた。低く押し殺したような男たちの声だ。内容はわからないが、何人かで言い争っているようである。

声を頼りに廊下を歩いていくと、ふいに背後から肩をつかまれた。驚いて、危うく漏らしそうになった。

振り返ると、烏丸光広が立っていた。光広は見たことがないほど怖い顔をしている。宗達が慌ててこれこれと事情を話すと、すぐに表情をゆるめ、厠に案内してくれた。

用を足して、絵の前に戻った宗達は、筆の穂先をととのえ、ふたたび模写にとりかかる前に、頭に浮かんだ考えを整理した。

烏丸光広はなにも伊達《だて》や酔狂《すいきょう》で、ましてや俵屋の営業のために、宗達を連れて公卿の家を訪ね歩いているのではない。

そのことに、宗達は遅ればせながら気がついた。

烏丸光広は京の町衆のあいだでも何かと噂の多い人物だ。

――宮廷と江戸幕府との橋渡し（仲介役）ができる希有《けう》な人物。

そう言って高く評価する者たちがいる一方、

――宮廷の裏切り者。

――江戸幕府にしっぽを振る犬。

――ぬえ。

と言って光広を嫌う者も少なくない。

各家秘蔵の名品模写は、公卿の家々を訪ね歩くための表向きの口実だろう。

烏丸光広は、宗達を連れて門内の公卿屋敷を訪ねてまわり、宗達に各家秘蔵の名品を模写させている間に、家の者や一族の者たちと話をする。

あるいは根回しを。

本当の目的は、そっちだ。

絵を見せてもらっていた。そう言えば訪問の言い訳がたつ。絵を描いている間、宗達は周囲の声など耳に入らない。人の動きが目に入らない。記憶に残らない。たとえ話を聞いたとしても、何を話しているのか絵屋の主人である宗達にはわからない。

烏丸光広を嫌う反対派の公卿連中がいくら探りをいれても何も出てこないということだ。これ以上の〝隠れ蓑〟はあるまい。

ぬえの本領というべきか。

(ま、それはそれ。これはこれ、や)

宗達は筆先をひと嘗めして、ふたたび唐渡りの水墨画に目をこらした。

ひとつ、方法を思いついた。

強くどうさを引いた紙に、最初はたっぷりと水を含ませた筆を使って薄墨で描く。

さらに乾く前にもう一度、今度は濃い墨を使って描く。

たぶん、それで原本と同じ効果が出るはずだ。

宗達はいつも何種類か持ち歩いている紙のなかからお目当ての紙を選び出した。これでうまくいかないなら、思い切って箔引《はくび》きした紙で試してみよう。いずれにしても、墨が乾くタイミングが重要になる――。

絵筆を握った宗達の頭のなかには、烏丸光広のことなど最早《もはや》どこを探してもかけらも見つからない。ただ、目の前の唐渡りの見事な水墨画がいっぱいに広がっているだけだ。


この当時。

京では天皇ならびに公卿たちを中心とする宮廷文化が急激な盛り上がりをみせていた。

宮廷内はむろん、各公卿の屋敷で歌会、茶会、聞香《ぶんこう》会、生花会、蹴鞠《けまり》会、演能《えんのう》会など、様々な文化的な催し物がひらかれ、連日の大にぎわいだ。かれらをパトロンとする様々な文物（書画、工芸品その他）がつくられ、また、瀟洒《しょうしゃ》な建物や庭が数多く設計・建築された。

異例ともいえるこの昂揚《こうよう》ぶりには、裏にいささか複雑な事情がからんでいる。

ひとつは、元和元年七月、江戸幕府によって制定された「禁中並公家諸法度《しょはっと》」だ。

第一条に、

「天子諸芸能の事、第一御学問也」

と定めたこの法令は、〝天皇並びに公家の仕事は和歌、有職故実を学ぶこと〟であり、〝朝廷の御政事《おまつりごと》は祭祀《さいし》・儀礼・典礼に限る〟という。要するに、今後一切、武家政治への口出し無用を幕府が宣言したものである。天皇や公卿としては文化的活動にいそしむよりほか日々を送るすべがなかったとも言える。

一方で、かれらの活動については別の見方をすることも可能だ。

禁止は通常、金銭によって補塡《ほてん》される。

家康は江戸幕府を開くにあたって、それまで七千石だった「禁裏御料《きんりごりよう》」（皇室の収入）を一万石に加増。元和六年の徳川和子入内《じゆだい》のさいには「化粧料」として一万石。その後、和子の父・二代将軍秀忠が「新御料《しんごりよう》」一万石を献上したことで、禁裏御料は三万石となった。

皇室の収入は、短期間に四倍以上に跳ね上がったわけだ。

併行して、お公卿さんたちの「家領」も加増された。

摂家《せつけ》（摂政《せつしよう》・関白《かんぱく》に任ぜられる家柄）の近衛《このえ》・鷹司《たかつかさ》家は千五百石から二千五百石に、清華家《せいがけ》（太政大臣《だじようだいじん》まで昇進可能）の今出川《いまでがわ》家では三百石から一千石にそれぞれ加増。その他多くの公家にも、二百石ないし五百石の「家領」が追加支給されている。かれらの多くはもとは「三十石衆」——裕福な京の町衆たちから「貧乏公卿」と嘲《あざけ》られていた者たちだ。

莫大な不労所得が急に得られたことで、公卿たちが目の色を変えて消費活動に邁進《まいしん》した気持ちもわからなくはない。公卿らにとっては一種の〝バブル時代〟であった。近衛某《なにがし》などは、当時の日記に「今ほど良い時代はない」と、みもふたもない言い方で正直すぎる気持ちを書き残しているくらいだ。

買収された者の多くは、己が買収されている事実にすら気づかない――。

「禁中並公家諸法度」と「皇室公卿への加増」は表裏一体、江戸幕府の対宮廷政策の一環だった。

宮廷に対して〝アメとムチ〟を使い分けた家康が目指したものは何であったのか？

信長や秀吉との違いから見えてくるのは、驚くべき長期ヴィジョンだ。

「関が原」と「大坂の陣」という二つの戦いを経て武力による全国制圧を果たした徳川家は「世襲将軍」の地位を確実なものにした。

次に必要なのは、現状を維持するための「正当性」ならびに「正統性」の獲得であった（この二つを伴わない権力は不安定であり、秩序は容易に覆される）。

「正当性」は通常、合法性によって担保される。家康は、権力掌握後、次々とお触れ（法の整備）を出して正当性をアピールしている。

問題は「正統性」の獲得だ。

一代限りの権力であれば正統性は問われない。即物的暴力、それ自体が理由となる。だが、永続的支配を目論《もくろ》む場合は、

「自分たちは、なぜかれ（かれら）に従わなければならないのか？」

という周囲からの疑問に答える——答え続ける——必要が出てくる。

このため洋の東西を問わず、武力で権力を掌握した者たちが利用してきたのが「王」の存在であった。ここでいう「王」とは、長い歴史をもち、かつ余人には容易に明かされない有職故実を受け継ぐ者のことだ。日本では「天皇」がこれにあたる。王（天皇）の周辺には大勢の貴族（公卿）が存在し、通常かれらの長《おさ》が「王」となる。

積み上げられてきた長い時間、膨大な記憶、有職故実、それら自体は本来空疎（無）だ。が、積み重なることによって不可侵な何か（権威）に変質する。

歴史上、武力によって権力を掌握した「将軍」たちはしばしば、

——自分は王の委託を受けて、権力（特権）を行使しているだけだ。

という口実《ロジック》を用いてきた。

家康は経済的に逼迫《ひっぱく》していた宮廷社会を立て直し、きらびやかな宮廷文化を世のひとびとの見える場所に差し出した。その上で、天皇から自らに権威（征夷大将軍）を授けさせることで、幕府支配の正統性の根拠とした。

真に恐るべきは、家康の企てたもう一つの天皇の利用方法だ。

元和六年、家康の孫にあたる和子が後水尾天皇の女御《にょうご》として入内。寛永《かんえい》元年には中宮《ちゅうぐう》（正妻）に冊立《さくりつ》されている。

背景に、家康の強い働きかけがあったのは間違いない。

天皇の一族（外戚《がいせき》）となることで、幕府の正統性を世に認めさせる。

〝徳川の支配を一代限りでは絶対に終わらせない〟

という強靭《きょうじん》な意志に裏打ちされた長期計画だ。

家康が描いた絵図は、かれの死後は江戸幕府（官僚組織）によって引き継がれ、実現に向けて着々と準備が進められている。

＊

寛永四年秋。

宗達は、烏丸光広に連れられて相国寺《しょうこくじ》を訪れた。

内裏《だいり》側に建つ相国寺は、京都五山《ござん》の一つ、臨済宗《りんざいしゅう》相国寺派の大本山だ。

堀川を挟んで、北野天満宮とちょうど東西に向かい合う。

実際に歩いてみればわかるが、あいだの西陣辺りを境にまちの雰囲気はがらりと変わる。

京の庶民の行楽地である北野天満宮（西）とは対照的に、相国寺（東）の広大な境内は荘厳《そうごん》・荘重《そうちょう》、といえば聞こえがいいが、下々の者を寄せつけぬ権高《けんだか》な雰囲気をたたえている。

宗達は、その相国寺の仕事をすることになった。

依頼は六曲一双《ろっきょくいっそう》の屏風絵。

ただし、実際に絵筆をとる前に乗り越えなければならない難問がある。

（何を、どう描いたもんか？）

俵屋の奥の座敷にすわり、腕を組んだ宗達の眉間《みけん》には、珍しく深いしわが刻まれている。

何を描いたら良いかわからない。

こんなことは、物心ついてこの方はじめてだ。

脳裏にさっきから、いかにもお公家さん然とした烏丸光広の端整な顔がちらついている。

（あ、い、いないことを安請け合いして、もしできへんかったらどないするつもりなんやろ？）

宗達は小さく首をふり、もう何度目かになるため息をついた……。

当時、宮廷内には派閥を形成する二つの勢力があった。一方が公卿であり、もう一つの要素が寺院・僧侶である。

京には古くから宮廷と関係が深い寺院が多い。

宗教（仏教）的な影響力、ばかりではない。

天皇の落とし胤《だね》

要は、公式非公式をとわず天皇と関係があった女性が生んだ子供たちのことだが、かれらが宮廷内の派閥争いの火種となるのを避けるため、現世の権力と距離をおくことを自他ともに示す手段として〝出家《しゆつけ》〟という手続きがとられることがしばしばあった。

宮廷と関係を結んでおくのは、寺院としても悪い話ではない。相互の利益が一致した結果、出家した当人たちの意図とは逆に、強い政治的発言力をもつ有力寺院が出てきていたのだ。

烏丸光広は、かれらの間にも広い人脈をもっている。

公卿の屋敷をひととおりまわり終えたあと、光広が宗達を連れて次に向かったのが、その手の有力寺院であった。

社寺を訪ねても烏丸光広の行動は変わらない。光広は例によって例のごとく、平気で寺の奥座敷にのこのこと上がり込み、秘蔵の名画名品を見せてほしいと申し出る。

そうして、宗達が屏風や絵巻を模写しているあいだに、寺の者たちと何やら話をする。

たぶん、何かの根回しだ。

が、宗達には烏丸光広が本当は何をしているかなど少しも興味がなかった。

光広と一緒に訪ねて行くと、どんな門でも簡単にひらく。噂にしか聞いたことがなかった唐渡りの逸品、平安王朝時代の名作絵巻といったものが次々と目の前に現れる。

なにやら御伽噺《おとぎばなし》に出てくる幻術使いのわざを見ているような感じだ。

宗達はわれを忘れ、夢中になって目の前の絵を描き写した。

時折、奇妙な感覚にとらわれることがあった。

頭のなかの絵手本——物心つく前から描きためてきた無数の絵柄や意匠が、唐渡りの逸品、あるいは平安王朝時代の名画を模写するうちに、何か別のものに組み替えられていくのが自分ではっきりと感じられるのだ。

どう言えば良いのだろう？

それまでばらばらに存在していた絵柄や意匠が思いもかけぬ形でつながり、編集し直されて、あるひとつの体系に収斂《しゅうれん》されていく——そんな不思議な感じだ。現代《いま》ふうに言えば「（高次の）構成力の獲得」といったところか。

烏丸光広について京のまちを歩きまわりながら、宗達は楽しくて仕方がなかった。この妙なお公家さんが本当は何を意図しているのか、そんなことはどうでもよかった。次はどんな絵が見られるのか、どんなふうに驚かされるのか、考えただけでわくわくした。

ずっとこのまま続けていたいと思った。

何の問題もなかった。

すべては順調だった。

相国寺を訪ねるまでは、だ。

宗達を連れて相国寺を訪ねた烏丸光広は、例によって例のごとく、案内も請わずに寺の奥座敷までのこのこと上がり込んだ。応対に現れた若い僧に、

「牧谿《もっけい》が描いた観音様《かんのんさん》の絵図が、この寺の立派な庫裡《くり》に仕舞われとるいううわさを聞いてきましたんやけど、ひとつ見せてくれしまへんやろか」

と、もてなしの薄茶を一口飲んだあたりで、さっそく切り出した。

背後でこれを聞いた宗達は、口に含んだ薄茶を危うくふき出しそうになった。

牧谿

南宋《なんそう》末に活躍した禅僧で、本国（中国）ではさほどその名を知られていないが、日

本に渡ったかれの絵は「水墨画の極致《きよくち》」と称賛された。「日本水墨画の祖《そ》」と称される人物である。

牧谿の観音像図が相国寺に蔵されている。

などという話は一度も聞いたことがない。本当だとすれば、よほどの秘蔵品。烏丸光広の恐るべき情報網だ。いつもならばたいてい、このあたりで相手が慌て出し、

「よそさんでは、どうぞ言いふらさんといておくれやっしゃ」

と半苦笑しながら蔵から絵を出してくる——はずなのだが、今回ばかりは勝手がちがった。

応対に出た年若い色白の僧侶は、見習いの小僧が運んできた薄茶を口に含み、ゆっくりと飲み干した。茶碗を置き、顔を上げて、

「お連れの方は、どなたはんでっしゃろ？」

と落ち着き払った声で光広に問い返した。

烏丸光広は宗達を振り返り、一瞬唇を突き出してみせた。すぐに元の顔に戻って、若い僧侶に向き直り、宗達を紹介した。

「へぇ。俵屋いうたら、いま都で評判の、あの扇の……」

若い僧侶が形のよい細い眉を寄せて呟いたのを見逃さず、宗達はいつものように、

「いまは上京で絵屋をひらいとります。どうぞご贔屓に」

と言って、見本の扇と色紙絵を差し出した。

いずれも「俵屋」自慢の最新作。ことに『伊勢物語』を一場面ごとに描き、詞書《ことばがき》を書家に依頼した色紙絵シリーズは店一番の人気商品だ。

相国寺の若い僧侶は、差し出された品を一瞥したきり眉をひそめ、

「こないなものは」

まるでけがらわしいものでもあるかのように、宗達に突き返した。

「伊勢物語どすか。なるほど〝いま業平《なりひら》〟なんぞと浮名《うきな》を流し、『仁勢《にせ》物語』だか何だか、滑稽な、しょうもないもんを書からはった烏丸どのには、よう似おとりましょうな」

若い僧はさも小ばかにしたような口ぶりで、よそに目を向けたまま、聞こえよがしに呟いた。それから、あらためて烏丸光広に向き直り、

「うちは、ご覧のとおり寺どすよって、色恋めいた絵は要《い》らしません。どうぞお引き取りを」

と背筋を伸ばして冷ややかに言い放った。

宗達は呆気にとられた。光広と一緒にいて、こんな扱いははじめてだ。無礼にもほどがある。そもそも、牧谿の観音様の絵図はどうなったのだ？

見れば烏丸光広は、しかし怒るでもなく、にやにやと笑いながら、閉じた扇で己の

首筋をほとほとと叩いている。

「なるほどなぁ。そういうことどすか。そういうことなら、まあ、出直しまひょ」

と、こちらも何やら意味不明な言葉を聞こえよがしに呟き、宗達を促してあっさりと席を立った。

若い僧侶は総門まで一緒についてきた。「見送りに出た」というよりは「ちゃんと帰るか監視に来た」という感じだ。

妙な話になったのは、別れぎわ、宗達と光広が門の外に出た後だった。

若い僧が思いついたように、

「せっかくの機会どすさかい、『伊勢物語』で屏風を一双、お頼みしまひょか」

と言い出したのだ。

「その仕事、是非、やらしてもらいまひょ」

相手の言葉をそのまま打ち返すように引き受けたのは、言っておくが宗達ではない、烏丸光広の方だ。

相国寺の若い僧侶と烏丸光広は一瞬鋭く視線を交わし、すぐに双方、口元に薄い笑みを浮かべたまま、仕事の条件（屏風の大きさ、代金、納期、等）をまとめてしまった。

その間、宗達はぽかんと口を開け、阿呆のようにそばで突っ立っていただけだ。

「ほな、お頼み申します」

と若い僧侶は唇の端に冷ややかな笑みを浮かべて言った。

「くれぐれもうちの寺の雰囲気をこわさんようなもんを。境内《けいだい》に飾って恥ずかしゅうない屏風をお頼みしましたえ」

お互い頭を下げあい、きびすを返したあとで、烏丸光広が宗達に事情を教えてくれた。

「相国寺の連中は、私が南禅寺《なんぜんじ》の崇伝《すうでん》和尚と一緒に『寛永行幸記《かんえいぎょうこうき》』を書いたんが気にくわんかったらしい」

光広は手にした扇で己の首筋をぴしゃりと叩いて、顔をしかめた。

南禅寺の崇伝和尚。

家康の厚い信頼を受け、後に「黒衣の宰相」と呼ばれた臨済宗派の高僧だ。

烏丸光広はその崇伝とともに、寛永三年九月に行われた後水尾天皇二条城行幸の公式記録『寛永行幸記』を作成している。華々しく催された二条城行幸は〝公武融合の一大ページェント〟であると同時に、武家の棟梁（征夷大将軍）が天皇に扈従《こしょう》するものではないことを目に見える形で世に示した幕府のデモンストレーションでもあった。

崇伝一人に任せれば、幕府側にのみ都合よく記録される恐れがある。だからこそ、光広は共同執筆の任を引き受けたわけだが――。

二条城行幸が幕府主導のイベントであった事実は変えられない。広く流布《るふ》した『寛永行幸記』は、結果として、幕府の威光を世の中に強く印象づけるものとなった。

「烏丸光広は裏切り者《もん》。宮廷にあだなすぬえ。そないなこと言われても、まともに返事のしようもおへんしなぁ」

光広はそう言って、へらへらと笑っている。

南禅寺と相国寺は僧録職（住持の任免権を握る役職）を争う、いわばライバル寺だ。崇伝と身近に接している光広は、相国寺の僧侶たちからすれば、いろいろな意味で目障りらしい。

だが、それならばなぜ、仲の悪い相国寺の仕事をあえて引き受けることにしたのか？

依頼の品は六曲一双の屛風絵。納期は年内。画題は『伊勢物語』……。

伊勢物語？

宗達は眉を寄せた。

相国寺の若い僧は『伊勢物語』の色紙絵を一瞥して「うちは寺どすよって、色恋めいた絵は要《い》らしません」、はっきりとそう言ったのではなかったか？

平安時代きっての色男、在原《ありわら》業平を主人公とした短編和歌物語集『伊勢物語』は、全百二十五段、乱暴な言い方をすればすべて色恋沙汰だ。

──くれぐれもうちの寺の雰囲気をこわさんようなもんを。境内に飾って恥ずかしゅうない屏風をお頼みしましたえ。

相国寺の若い僧侶が別れぎわに発した皮肉な調子の言葉を思い出して、宗達は背筋がぞっと粟立《あわだ》った。

『伊勢物語』を画題にして、あの相国寺にふさわしい屏風？

いったい何の絵を描けというのか？

慌てて訊ねたところ、烏丸光広はきょとんとした顔で目を瞬《しばたた》いた。

「それを考えるのは、宗達はん、あんたさんの仕事や」

「へっ？」

「見とれ。あの坊主《ぼん》、あっと言わしたろ」

光広はくしゃりと顔をしかめ、吐き捨てるように言った。平気な顔をしていたが、どうやら腹の中では相国寺の若い僧侶の振る舞いに煮えくり返っていたらしい。

光広はすぐに宗達に向きなおり、けろりとした顔で逆に訊ねた。

「なんぞ、ええ知恵はないやろか？」

結局、屏風に〝何を〟〝どう描くか〟は宗達に一任された。烏丸光広に任せても、どうせろくなアイデアは出てこない。

六曲一双の屏風絵。納期は年内。画題は平安時代きっての色男、在原業平を主人公とした短編和歌物語集『伊勢物語』。ただし、

「うちは寺どすよって、色恋めいた絵は要《い》らしません」

「くれぐれもうちの寺の雰囲気をこわさんようなもんを。境内に飾って恥ずかしゅうない屏風をお頼みしましたえ」

――あかん。いくら考えてもさっぱりや。

宗達は首を振り、詰めていた息を大きく吐き出した。

物心ついてはじめて何を描いたら良いのかわからなかった。考えれば考えるほど、そんな絵など不可能に思えてくる……。

我に返ると、いつのまにか周囲が暗くなり、部屋の隅に火が灯されていた。

中庭から秋の虫の声が聞こえる。

宗達は首を振ってその場から立ち上がった。

手水場《ちょうずば》でざぶざぶと顔を洗い、部屋に戻る前に縁側で足を止めた。

前栽《せんざい》ごしに空に明るい月が見えた。半分ほどの大きさの月に薄い雲がかかっている。

宗達は肩の力を抜き、銀色の月をぽかんと見上げた。

爽やかな秋の夜風が薄《すすき》の穂をさわさわと揺らして吹き抜けてゆく――。

月のおもてにかかる雲が盤踞《ばんきょ》する龍の形に見えた。

相国寺本堂の天井に描かれた龍の絵姿のようだ。

描いたのは狩野光信《みつのぶ》。狩野派の前《さき》の当主だ。

かつて宗達は、京のまちなかで狩野光信を見かけたことがある。

——見てみ、あれが狩野家のいまの当主や。

そう教えてくれた亡き先代・俵屋仁三郎の声が耳元によみがえる。

たしか永徳が急死した直後、長男光信が御用絵師・狩野家を継いだばかりの頃だ。すらりと背の高い、色白の、いかにも育ちの良さそうな若旦那だった。大勢の門弟たちに取り囲まれて明るく笑う光信は、我が世の春といった感じに見えた。

だが、その光信も、慶長十三年、五十歳を前に亡くなっていた。その後、狩野家を託された永徳の孫・狩野守信は京を離れて江戸に移り住み、幕府御用絵師として重用されている——。

宗達は、なんだか急に、無性に腹が立ってきた。

相国寺の若い僧侶と、それから烏丸光広に対しても、だ。

狩野派を一代で時代の寵児《ちょうじ》に押し上げた天才絵師・永徳は過労のために急死した。あとを継いだ狩野光信の若すぎる死も、一つには雇い主の好みに合わせて画風を変え、あるいはまた、絵のことなど何もわからぬ連中の無茶な注文・納期に応え続けた心労が原因だろう。狩野守信に至っては、住み慣れた京を離れ、馴れない江戸のまちで教養のない武家たちの好みに合わせた絵を描く生活を余儀なくされている。

狩野派だけではない。目をみはる水墨画を遺した長谷川等伯《とうはく》も、生前は注文主の無茶な要求にさんざん苦労させられていたという。

今回の屏風絵仕事は、いわば売り言葉に買い言葉、烏丸光広が後先考えずに安請け合いした結果ではないか。

――あの坊《ぼん》主、あっと言わしたろ。

烏丸光広と相国寺の間にどんな確執があるのか知らないが、そんなことは宗達には何の関係もないはなしだ。

絵描きを何だと思っているのか。政治《まつりごと》の道具にされてたまるか……。

風で雲が流れ、明るい半月が紺碧《こんぺき》の夜空にすっかりその姿を現した。

あっ、と宗達は声を上げた。

頭の中に屏風絵が浮かんでいた。

隅々まで余すところなく仕上がった完璧な屏風絵だ。

宗達はばたばたと慌てて作業場に駆け込み、頭の中の絵を紙の上に写し描いた。絵筆をもった手を動かしながら、宗達は自分でも何だか自分で描いているような気がしなかった――。

「蔦《つた》の細道図《ほそみちず》屛風《びょうぶ》」

六曲一双の屛風絵だ。

連続した長い画面に緑青の平塗りで土坡《どは》を描き、金地を濃淡で二分。

人の姿はどこにも見えない。

具象としてはただ、金地の上に緑で蔦の葉が描かれているだけだ。

人物を排して、見る側に内容を暗示的に提示する画面はデザイン的、というよりはもはや二十世紀以降に描かれた抽象画に近い。

宗達がこの屛風絵に描いたのは『伊勢物語』第九段「東下《あずまくだ》り」の一場面である。

〝むかし、男ありけり。その男、身を要《よう》なきものに思いなして、京にはあらじ、東《あずま》の方《かた》に住むべき国求めにとて行きけり〟

都落ちする男の心情を描いた「東下り」の段は、たとえば「かきつばた」の五文字を句の上《かみ》に据《す》えて詠んだ歌
からころも　き（着）つつなれにし　つましあれば　はるばる来ぬる　たび（旅）を

しぞ思う

京には見えぬ鳥なれば、皆人見知らず。渡守に問ひければ「これなむ都鳥《みやこどり》」

や、あるいは、

といった印象的な文句《フレーズ》で、全百二十五段の『伊勢物語』中でも一、二を争う有名な挿話《エピソード》だ。

宗達がわざわざこの段を選んだ理由は、一つには「身を要なきものに思いなし……東の方に住むべき国求め」た物語の主人公（在原業平）に、京（朝廷）と東の方（江戸幕府）の間を行き来する烏丸光広の身の上を重ねたのだろう。

ちなみに屏風絵は左右を置き換えることも可能であり、左右を置き換えてなお連続する緑の土坡は、道がどこまでも続いているさまを暗示する。

宗達は描き上げた屏風絵を烏丸光広のもとに届けさせた。

光広の身の上を暗示した屏風絵は、ある意味ぬえと称される光広の立場を皮肉ったと取られても仕方がない（光広筆と目される『伊勢物語』の滑稽譚《パロディ》『仁勢物語』の同段「東下り」では、主人公の男は三河国岡崎《みかわのくにおかざき》から駿河《するが》へと下る。両地は言うまでもなく徳川家康ゆかりの地だ)。

この屏風絵を見て烏丸光広がどう出るか、宗達は楽しみだった。

烏丸光広は当代きっての書家として知られている。当然、自らの筆で屏風の余白に詞書《ことばがき》を書き加えることが予想された。屏風絵には、そのための余白(金地)を充分にとってある。

普通に考えれば、余白には『伊勢物語』第九段中の一節、もしくは物語に出てくる和歌を書き込むはずだ。が、相手は何といっても皮肉屋のあの烏丸光広だ。場合によっては、『仁勢物語』の同じ段からとった滑稽な一文や狂歌を書き入れてくるかもしれない、と覚悟していたのだが——。

俵屋から納品するために送り返されてきた屏風を開いて、宗達は思わず「やられた」と声を上げた。

烏丸光広が屏風絵の余白に書いてきたのは、原本の『伊勢物語』でも、ましてや滑稽譚『仁勢物語』の本文や和歌の引用でもなかった。

烏丸光広は物語に因《ちな》んだ自作の新作和歌を七首、流麗な、見事な文字で、屏風絵の蔦の葉に合わせて、大小とりまぜて書き分けていた。

風に揺れる蔦の葉に見立てた光広の文字は、宗達の絵とあいまって「東下り」の男の心細い思いを表わすかのようだ。

そのくせ烏丸光広の文字は、けっして深刻になりすぎない。屏風に書かれた文字には、かれならではの遊びの要素が感じられる。たとえて言うなら、取り澄ました横顔。背中をむけた次の瞬間、ぺろりと舌を出していそうな感じだ。

自分で絵を描いておきながら、仕上がってみれば、烏丸光広の文字が入ってはじめてこの屏風絵が完成した気がする――。

感嘆して屏風を見つめていた宗達は、ふと、ある一点に目をとめた。

右隻《うせき》第二扇の土坡の上に、目を凝らさなければわからないほどの小さな文字で「光広」と署名がしてある。

宗達は一瞬眉を寄せ、そのあとで危うくふきだしそうになった。

土坡の上の小さな「光広」の文字は、まるで東に一人寂しく下りゆく旅人の後ろ姿のごとく書かれている。

宗達の目にはそれが、頭をかきながら小さくなっている烏丸光広本人のように見えた。

――悪かった。

そう言っているように見える。

宗達の屏風絵を見て、光広も少し反省したのかもしれない。

十九　紫衣事件

宗達が烏丸光広とともにまわった営業活動のおかげかどうか。

「俵屋」に、公卿屋敷や社寺からの注文がちらほら舞い込むようになった。

ただし、小品のみ。

扇や短冊、色紙絵、せいぜいが屏風絵といった、要するにいざというときはさっさと畳んで片付けてしまえる品ばかりだ。

常時ひとめに触れる襖絵や杉戸絵などは、やはり幕府御用絵師の狩野派や、かつての宮中絵所預の土佐派の権威におよばない。ましてや幕府関連の仕事は狩野派が独占しており、京のまちで絵屋を営む宗達にとっては雲の上の話である――。

この頃、幕府は狩野派の絵師たちに命じて〝ある種の絵〟をさかんに描かせている。

「士農工商図《しのうこうしょうず》」

画題自体は珍しくもない、古くからあるものだ。が、江戸期に描かれた「士農工商図」は、それ以前のものとは明らかに意味が変化している。

唐《から》（中国）絵の「士農工商図」では「士」は「官吏」を意味する。科挙《かきょ》（制度）を経て登用される「官吏」はあくまで職業の一つであり、固定的な身分・階級を意味するものではない。そもそも唐絵の「士農工商図」は、職種による服装その他、生活スタイルの違いを描きわけるのが目的だ。描かれた人物像は横に並べられることが多い。

一方、江戸期に幕府が描かせた日本の「士農工商図」では、「士」は（官吏ではなく）「武士」に置き換えられた。そのうえで「士農工商」の四種類の職種を縦に並べて描くことで、身分制度の可視化表現へと意味がすりかわっている。

支配階級としての「士」（武士）の地位を正当化し、生産基盤である農民を次に置く。

江戸幕府はそれまで流動的であった身分制度を固定化し、相互の交流を不可能にした。

その身分制支配イデオロギーを民衆の意識下に刷り込むための道具として、狩野派の絵師たちに「士農工商図」を描かせた――。

発案は江戸幕府初代将軍・徳川家康であった、と伝えられている。

ポスターなどの宣伝メディアを意図的に政治利用するのはナチス宣伝担当ゲッベルスをもって嚆矢とされるが、三百年以上も前に家康は同じことを考えていたことになる。幕府による京の支配を可視化した「洛中洛外図」もそうだが、家康のメディア戦略は改めて検証されるべき重要テーマの一つであろう。

元和二年に家康が没した後、かれの方針は江戸幕府によって引き継がれた（家康自身は、死後、自ら構築した身分制度を抜け出し、東照大権現《とうしょうだいごんげん》、即ち神として祀り上げられた）。

身分制の固定化を所与不変のものとする江戸幕府の民衆統治は二百六十年以上の長きにわたって続き、その残滓《ざんし》はこんにちなお「お上《かみ》意識」として、われわれの間に根強く見受けられる。

戦国武将を語るさい、〝天才〟の呼称は信長に対して使われることが多いが、あるいは家康にこそ相応しい形容詞なのかもしれない。きらめくような、華やかな天才ではない、重い鉈《なた》で着実に道を切り開いてゆく才能だ。

烏丸光広が上京の「俵屋」をふらりと訪れたのは、寛永六年（一六二九年）、叡山下《えいざんお》ろしの冷たい風が都大路を吹き抜ける十月晦日《つごもり》のことであった。

光広は例によって例のごとく「絵道具をもって云々《うんぬん》」と言い出すかと思いきや、無言のまま俵屋の店内を抜け、のこのこと奥の座敷にまで上がり込んだ。

まるで、己の家であるかのような自然な振る舞いである。

ちょうど店先に出ていた宗達は一瞬呆気にとられ、が、すぐに家人に茶菓を出すよう申しつけて、奥の座敷で光広と向かい合わせに腰を下ろした。

「こないだ、江戸狩野の当主が描いたいう二条城二の丸御殿障壁画を見てきた」

烏丸光広は前置きもなしに口を開いた。これは――。

いつものことだ。

宗達はひとまず黙って聞いている。

江戸狩野の当主。

狩野守信(後の探幽)のことだ。信長・秀吉を魅了した天才絵師・狩野永徳の孫にあたる。伝説的な祖父とならぶ〝早熟の天才〟と謳われ、元和三年、わずか十六歳の若さで幕府御用絵師に任ぜられ、江戸城障壁画や家康霊廟装飾といった大きな仕事を次々に手掛けている。

二条城二の丸御殿障壁画も、そのなかの一つであった。三年前、後水尾天皇行幸を迎える大改修にあたって、守信が一気に描き上げたという。

聞くところによれば、描かれたのは「松に鷹」。〝祖父・永徳を彷彿とさせる力強い筆運び〟は、注文主である三代将軍・家光の趣味に合わせたものだ。絵を見た者の話によれば、

「あたかも長押《なげし》を突破し、あるいは天井に迫り、松の巨幹に合わせて壁面が拡大したかのような錯覚を覚える」

それほど、迫力ある大画面障壁画だという。

宗達は、残念ながら実物の絵を見ていなかった。

二条城二の丸御殿の襖絵は、町絵師の身分ではおいそれと見に行ける場所ではない。堂上《どうじょう》公卿の烏丸光広とは立場が違う。

「なんや、窮屈な感じがしおしたなぁ。あれやったら、あんたの養源院の松の方がエエくらいやないやろか」

「そら、また……おおきに」

宗達は苦笑して答えた。

幕府御用絵師、江戸狩野家当主・狩野守信の絵より良い。

と褒められるのは光栄だが、

——あれやったら、あんたの松の方がエエくらい。

という光広の言い方は微妙だ。

養源院奥の間の襖に描いた松は、たしかに少々納得がいかない出来だった。

はじめてのお寺の襖絵ということで肩に力が入り過ぎたせいか、「襖」独特の画面形式を支配しきれなかったうらみがある。襖を動かしても絵に動きが出ない。軽みに欠ける。もう少し工夫の余地があったはずだ。流行の狩野派の画風を意識しすぎたか、とも思う。

(あの頃は、まだ馴《な》れてへんかったよってなぁ)

宗達は茶碗をとりあげ、茶を一口飲んで、そっとため息をついた。

馴れていなかった。

烏丸光広という人物に、だ。

言いたくはないが、養源院の仕事の間中、烏丸光広にずっと背後からやいのやいのと煽られていた。「松」の出来は、そのせいだと言えなくもない――。

二条城二の丸御殿の襖絵を口切りに、光広の話題はまるで〝八艘《はっそう》とび〟のごとくあちらこちらに脈絡なく跳ねる。

宮中の雅《みやび》な歌会の様子から、一転して都の遊び場での無学な武士の滑稽な振る舞い。さらには、身分卑しい者たちとの下世話な会話まで、光広の話題は一ヵ所にとどまることがない。

これも、まあ、いつものことだ。

宗達も最近は馴れたもので、茶をすすり、あるいは絵のことを考えながら適当に聞き流していた。そのうち、雑談をつづける烏丸光広の様子がおかしいことに気がついた。いつもの皮肉、軽快な口調はそのままながら、表情がどこか暗い。ふとした拍子に、目の端にぞっとするようなかげが浮かぶ。

――どないしたんやろ？

宗達はしばらく首をひねっていたが、茶碗をおき、身を乗り出すようにして光広の顔を覗きこんだ。

光広の方でも宗達の変化に気づいたのだろう、話題の途中で口を閉ざした。

短い沈黙の後、

「昨日、禁裏から呼び出しがあってな」

そう発した光広は、ふたたび言葉を切り、ひどく憔悴《しょうすい》した表情《かお》をみせた。

この頃、烏丸光広は凄まじく働いている。

八面六臂《はちめんろっぴ》。

阿修羅《あしゅら》もかくあらん。

およそひととは思えぬ活躍ぶりだ。

京都宮廷と江戸幕府。

二つの陣営の間を取り持ち、共存共栄のみちを探る。

それが光広に与えられた役割だ。本来は「武家伝奏」の仕事だが、光広はあえて役職にはつかず、裏方で調整役を務めている。これはまた天皇の意向でもあった。

京都（宮廷）と江戸（幕府）の調整役。

言うはやさしい。

だが、この当時、京の皇族・公卿と江戸の者たちの間では、文化的背景も考え方も価値観も、話すことばさえ異なっている。お互いが話す内容を理解するのは、仲介者なしには、ほぼ不可能であった。双方の言い分に耳をかたむけ、調整役を務める者の苦労は並大抵ではない（このことは、二十一世紀のこんにちなお文化・歴史・言語が異なる社会、たとえばアジア諸国、EU圏内のひとびととの間で相互理解が容易でない状況を考えればあきらかだろう。当時の宮廷と幕府のあいだの〝ことばの通じなさっぷり〟はそれどころではなかった）。

皇族・公卿たちの側ではむろん、江戸幕府の者たちの側にも〝自分たちの生きている世界がすべて〟という思い込みがある。かれらの間を取り持ち、共存共栄のみちを探る――致命的な決裂に至る事態を避けるための懸命の努力と言ってもいい。

そのために、光広自身が密かに京と江戸を何度か往復している。

皮肉なことに、懸命に調整役を務める光広は、公家社会ではぬえと呼ばれ、白眼視された。

宮中に対する裏切り者。

徳川の犬。

かげでそんなふうに言う連中もいる。

かれらには、烏丸光広がなぜ宮中と江戸幕府の調整役として懸命に走り回っているのか、その理由がそもそも理解できないのだ。

即物的な暴力によって天下人となった者たちは、恭《うやうや》しく天皇の前に跪き、関白、太政大臣、征夷大将軍といった官位や肩書を得ることで、己の正統性を確保しようとした。

対価は金だ。

徳川幕府が皇室の収入を四倍以上に引き上げた経緯は先に書いた。並行して、公家社会にも多額の金品がばらまかれた。長く貧乏を余儀なくされていた皇族・公卿たちは、この時期、急に金回りが良くなる。と同時に、かれらのあいだに〝やっかみ〟が広まった。

どこそこの家は家領がまた増えたらしい。そういえば、あの家には先日徳川の使いが来ていた。なにやら企んでいるのではないか——。

正視に堪えないどす黒い感情だ。

貧しい時は助けあっていた者たちが、富を得た途端、より多くの富を巡って猜疑《さいぎ》心《しん》が強くなり、相互に監視しあうようになるのは不思議なほどである。

かれらの〝やっかみ〟は、宮中と江戸幕府の調整役を務める光広に多くむけられた。

烏丸光広は密かに江戸幕府の者たちと会っているらしい。自分だけ良いめをしているにちがいない――というわけだ。

放っておけば良いではないか。

比較的やっかみの少ない、おっとりとした高位の公卿衆の中には、光広をつかまえてそう忠告する者もあった。

「武士などという連中は、放っておけばそのうち自ら滅びる。これまでもそうだったし、これからもそうに決まっている。あの連中には適当な官位を与えて、代わりに金を出させておけばよいのだ」

高位の公卿衆は光広に顔を寄せ、広げた扇のかげで小声でこう続ける。

「以前の連中に比べれば、徳川某など、見えない土地（江戸）に行ってくれたぶん、まだましではないか。最近は、あの野蛮な者たちが京《みやこ》をうろつく姿を見ることが少なくなったので、どれほどせいせいしているかわからない。悪いことはいわない、あの連中のことは放っておきなされ」

光広は苦笑し、首を振るばかりだ。

家康はじめ江戸幕府高官とも面識がある光広には、能天気な公卿衆たちが自らの手で京（宮廷）を滅ぼそうとしているようにしか思えなかった。

徳川江戸幕府の者たちは、なるほど野蛮。その上、無学でもある。宮廷人の基準からすれば、同じ人として遇する相手ではない。だが、一方でかれらは、京の公卿衆が考えるほどには単純でも、ましてや〝お人好し〟でもなかった。

――放っておけば、滅ぶのは江戸ではなく、京の方だ。

烏丸光広はいまでは、はっきりとそう確信している。

江戸幕府の京都宮廷への締めつけは、じつはかなり早い段階からはじまっていた。

豊臣家いまだ盛んな慶長十一年四月。

――幕府の推挙がなければ、武家に官位を与えてはならない。

と家康自身が宮廷に直接申し入れている。いまふうに言えば〝上からの物言い〟だ。

大坂の陣のさいも、家康は天皇の仲裁の申し出をきっぱりと拒絶。さらに、豊臣家勢力一掃後に発布した「禁中並公家諸法度」で、その方針をはっきりと打ち出した。

〝今後一切、武家政治への口出し無用〟の宣言である。

元和六年、二代将軍秀忠の娘・和子が後水尾天皇の女御として入内する。

かつて源頼朝《みなもとのよりとも》が娘を天皇に嫁入りさせ、生まれた皇子を鎌倉《かまくら》で将軍の座につけようとしたことがあった（ただし未遂）が、それ以来の企《くわだ》てだ。

後水尾天皇と和子との間に子供が生まれる。最初は女児。次も女児。三番目に男児が生まれたが三歳（満一歳半）で逝去。次も男児が生まれたものの、わずか八日で死亡。翌年生まれたのは女児であった。

そんななか、事件が起きる。

天皇が僧侶に与えた紫衣《しえ》着用の勅許を、江戸幕府が無効としたのだ。

驚くべき事件。

少なくとも後水尾天皇にとっては、およそ有り得べからざる驚天動地の事態であったはずだ。最初は幕府が何を言い出したのか理解できなかったのではないか、とさえ思う。

「紫衣事件」

と後世に伝えられる事件の顚末はおよそ以下のとおりである。

〝事件〟の発端は寛永四年（一六二七年）七月、江戸幕府が出した次のような通達であった。

――元和元年（一六一五年）以降に紫衣を得た者はその資格を取り消す。

というもので、

「紫衣」

は僧侶がまとう紫色の袈裟《けさ》および法衣を指す。古来〝紫〟はもっとも高貴な色とされ、高僧と認められた者のみが紫衣の着用を許されてきた。俗な言い方をすれば、柔道でいう〝黒帯〟のようなものだ。

取り消しの通達を受けた寺側は驚愕した。

寝耳に水、ばかりではない。

紫衣着用の勅許は、天皇の名において出されているのだ。その勅許を江戸幕府が「取り消す」という——。

前代未聞の事態であった。

大徳寺の沢庵《たくあん》和尚らが中心となって抗議の意見書を幕府に提出したところ、幕府は逆に、
意見書を提出した寺の紫衣はすべて剥奪
抗議者は流罪
と、一方的かつ有無をいわせぬ強硬な態度で、寛永六年（一六二九年）七月、沢庵らを流罪に処した。

一応ここまでが「紫衣事件」と呼ばれる事件の顚末だ。

事件が進行している間、幕府から天皇に対しては一切、何の断りもなかった。

天皇名の勅書（勅許）を勝手に停止・無効とし、天皇と結び付きの強い寺の者たちを勝手に流罪にしておきながらだ。

天皇に同情的なある武将はこの事件について、息子に宛てた手紙の中でこう記している。

——口宣《くぜん》（紫衣勅許のこと）一度に七、八十枚もやぶれ申し候《そうろう》。主上《おかみ》このうえの御恥、之《これ》あるべきや。

一連の騒ぎで死んだ者は誰もいない。

紫衣事件が〝事件〟と呼ばれるのは、幕府法度が天皇勅許に優越する事実を白日のもとに晒け出したからだ。その意味では、第二次大戦後、日米安保（軍事）が日本国憲法（合法性）に優越する現実を暴露した砂川事件に似ている。

事件は、後水尾天皇に衝撃を与えた。

茫然とする後水尾天皇の身に、さらに追い打ちをかける〝事件〟が起きる。

後年、「春日局《かすがのつぼね》参内事件」と呼ばれる椿事《アクシデント》が起きたのは同じ年の十月。

この事件でもやはり人は死なない。それどころか、罪に問われた者さえない。

にもかかわらず、歴史上のれっきとした〝事件〟として扱われるのには理由がある。

事件の主な登場人物は、徳川三代将軍家光の乳母《めのと》ふく。

〝観光目的〟で上洛したふくは、京都滞在中、ふとあることを思いつく。

——せっかくはるばる京まで来たのだ。天皇さんの顔でも拝んで帰ろう。思うのは、勝手。この時代でさえ〝思っただけで罰せられる〟ことはない。ただし、一介の武家女性に拝謁《はいえつ》資格がないのは明白だった。普通なら、

「残念ですけど、難しいですね」

「それも、そやな。アッハッハ」

で済む話が〝事件〟にまで発展したのは、ふくが将軍家光の乳母だったからだ。

ふくの希望(?)を聞いた周囲の者たちが、将軍家の威光をかさにきて京中を走りまわった結果、妙なことが起きる。

ふくはなぜか名門・三条家の猶子《ゆうし》となり、「春日局」なる大時代な名前を与えられたのだ。

かくて〝春日局〟は十月十日に御所に参内。後水尾天皇に拝謁して、天盃を賜った。

しかしこれは——

前例のない、即ちあってはならぬことであった。

古来の正しいやり方——有職故実——を伝えるのが皇族・公卿の役割であり、存在意義でもある。前例を勝手に変えられたのでは、かれらの存在意義が失われる。

自分たちの価値観、しきたりを無視され、蹂躙された皇族・公卿たちにとって、こ

れが如何ほどの屈辱であったかは想像に難くない。かれらは怒りに震えて赤くなり、また青くなった。土御門卿某《つちみかどきょうなにがし》はその日の日記に、

「帝道《ていどう》、民の塗炭《とたん》に落ち候」

と屈辱を嚙み締めるように記している。

後水尾天皇自身も、のちに、

「武家の者の娘が御前にまいること（中略）かつてなきことなり」

とわざわざ日記に書いているくらいだ。よほど不愉快だったのだろう。

天皇を不快にさせることがわかっていながら、幕府・将軍家の意向を実現させてしまう。

それが朝幕関係の現実であることが、二つの〝事件〟によって明らかになった。宮廷内では、

江戸幕府に対して毅然とした態度をとるべきだ。

という意見が噴出し、連日のように評定が行われた。一方でかれらは、幕府から多額の金品が支給されているため、かつまた幕府の逆鱗《げきりん》にふれて沢庵のように流罪に処されることを恐れて、直接文句を言うこともできない——。

公卿たちの抑圧された不満や鬱憤は、天皇に近く接し、宮廷と武家との陰の調整役である烏丸光広に向けられた。

こんなことになったのは江戸幕府との交渉の仕方を間違ったからだ。調整役はいったい何をしていたのだ。そこから、

烏丸光広は宮廷を売った裏切り者。

徳川の犬。

といった陰口が、おおっぴらに語られるようになるまでにはほんの一息である。

尤も、光広の側も悪い。

長引くばかりで結論の出ぬ評定の場で、かたちだけでも他の公卿衆と一緒に悲憤慷慨してみせればよいものを、人もなげに手にした扇をぱちつかせながら、口元に皮肉な薄笑いを浮かべて眺めている。誰かにものを尋ねられても「左様さなぁ」と小ばかにしたような返事をするだけだ。これでは周囲から恨まれ、憎まれても仕方がない。

光広にしてみれば、

(悲憤慷慨してみせて、それでどうなる？)

という思いがある。

(ばかばかしい)

という気持ちが、つい顔に出る。

——いちばん心をいためておられるのは主上《おかみ》なのだ。この連中は、主上のお気持ちを本当に判《わか》っているのか？

その思いが、皮肉な薄笑いとなってつい口元に表われる。

ひとは己を見下す相手を憎むようにできている。

烏丸光広が公卿たちに疎まれ、悪口を言われるようになったのは理の当然であった。

ぬえ殿。

禁裏の廊下をあるくと、最近では嘲るような声が暗がりから聞こえてくる……。

光広は苦笑して小さく首をふり、ふと、われに返った。

目の前に宗達の顔がある。

墨《すみ》で描いたようなすらりとした眉。よく見れば目も鼻も造作のはっきりした顔なのだが、まぶたが眠たげに腫《は》れているせいか、どこか間の抜けた、芒洋とした感じが否めない。

宗達は心もち顔を突き出すようにして、光広の話をじっと待っている。

（きっと、子供のころから、おんなじ顔やったんやろなぁ）

光広は頭の隅で考えるともなくそんなことを考えて、妙におかしくなった。

子供のころの宗達の顔が、目の前にある顔と二重写しに浮かんで見えるようだ。

くすり、と笑うと、宗達の眉が訝しげに引き寄せられて、きれいな八の字になった。

考えてみれば、光広が宮中の話題を自分から切り出すのははじめてのことだ。本来なら、まちの絵職人ごときを相手に口にすべき話題ではない。が、今回にかぎっては、宗達相手だからこそできる話だ。

「先日、主上に会うて例の相国寺の屛風の話をしたら、珍しく、たいそうなお喜びようでな」

光広は閉じた扇を己の膝に立てて、口元に今回ばかりは皮肉ではない笑みを浮かべた。

「こない笑《わろ》たんは久しぶり、と仰せあそばしやった」

「それは、ようござりましたなぁ」

宗達の顔にようやく安堵の色が浮かんだ。いつにない光広の様子に、いったい何を言い出すのかと心配していたらしい。

光広はかすかに頷き、それから、思い出したように付け足した。

「主上から、あんたに褒美《ほうび》が出た。法橋《ほっきょう》の位やそうや」

ほっきょう？

宗達は一瞬、相手が何を言ったのか理解できずに首をかしげた。

「以前《まえ》に言うとったやろ。禁中《きんちゅう》秘蔵の御品をいっぺんでええから見てみたい。どないかならんやろか、いうて……」

すぐに思い当たり、宗達はあっと声をあげた。

烏丸光広に連れられてさんざん公卿屋敷や社寺をまわり、秘蔵の絵を模写しながらも、宗達がいまだ唯一立ち入れない場所があった。

禁中だ。

将軍家光の乳母ふくがそうであったように、一、介、の、町、絵、師、の身分である宗達は（天皇が住む）禁中に立ち入ることができない。

「法橋」は、もともとは僧侶に与えられる位のひとつで「法橋上人位《しょうにんい》」とも。「法眼《ほうがん》」「法《ほう》印《いん》」と順に位が上がる。近ごろは僧侶だけでなく仏師や御用絵師にも与えられている。

位そのものは何ということはない。家禄《かろく》と関係ないのは無論、祝い金が下されるわけでもなく、単なるお飾りに過ぎない。重要なのは、この肩書があれば堂上《どうじょう》を許される、禁中への立ち入りを認められるということだ。つまり。

（禁中門外不出の名品をこの目で見られる、模写することができる……）

思いもかけなかった知らせに、宗達は茫然となった。

目眩《めくるめ》く思いがした。

二十　法橋宗達

「あかんな。なんでやろか？　なんで、うまいこといかへんのやろ……」

すぐ隣にならんで座った烏丸光広が首をひねりながら、しきりにぼやいている。

宗達は苦笑し、絵筆を置いて横ざまに向きなおった。

「今度はなんどすの？」

声をかけると、光広は目の前に広げた描きかけの絵巻を指さした。

「ここなんやけどな。どない描いたらあんなふうになるんか、いくら考えてもようわからん」

光広は、宗達にちらりと視線を投げかけ、

「また、ちょっと頼むわ」

と、小声で発した。

宗達は無言で席を立ち、光広の場所に代わって腰を下ろした。

目を細め、全体を確認する。呼吸をととのえ、すらすらと絵筆を走らせた。

こことそこ。それからこの線も。

それだけで、絵が見違えるように良くなった。

「こんな感じでエエですやろか」

そう言って、光広に席を譲った。

「ははあ。なるほど、うまいもんやなぁ。餅《もち》は餅屋とはよう言うたもんや」

烏丸光広は、宗達が筆を入れた箇所を眺めて感嘆の声をあげた。

己の席にもどった宗達の耳には、もはや光広の声など聞こえない。かすかに眉を寄せ、食い入るような視線で目の前の絵巻を見つめている。——

「西行《さいぎょう》法師《ほうし》行状《ぎょうじょう》絵詞《えことば》」

平安時代の歌人・西行法師（出家前の名前は佐藤義清《のりきよ》）の行脚《あんぎゃ》と詠吟《えいぎん》の生涯を描いた伝記的絵巻だ。二、三、異本もあるなか、海田《かいだ》采女佑相保《うねめのすけともやす》筆による明応《めいおう》九年奥書《おくがき》の一本は、早くから〝絵巻表現の最高峰のひとつ〟と謳われてきた。

噂を聞くたびに、宗達は身を揉むような思いがした。餓《かつ》えた者が食べ物を欲しがるがごとく心の底から〝見たい〟と思った。模写して、自分のものにしたい——頭のなかに整理して収めたい、と切実に望んできた。

いかんせん、禁中門外不出の御品だ。

一介の町絵師の身分では、模写はおろか、絵を見ることすら許されない。

諦めかけていたその望みが、思いもかけずかなった。

「西行法師行状絵詞」が、いま目の前にある。

宗達は「法橋」の位を得た。

烏丸光広が後水尾天皇にはたらきかけた結果だ。

光広から聞かされたとき、思いもかけぬ知らせに宗達は茫然となった。目眩く思いに、しばらくは自分がどこにいるのかわからなかったくらいだ。

もっとも「法橋」の肩書があるからとはいえ、あれを見たい、これを模写したい、といって希望がすぐに通るわけではない。

烏丸光広に「何か見たい絵はあるか」と尋ねられて、真っ先に頭に浮かんだのが「西行法師行状絵詞」だった。

光広は、そのときはとぼけた顔でふんふんと聞いているだけだったが、ほどなく得意げな笑みを唇の端に浮かべて「俵屋」を再訪した。

——越前府中城主《えちぜんふちゆうじようしゆ》・本多伊豆守《ほんだいずのかみ》から「西行法師行状絵詞」模本作成の依頼を受けた。

しかも、

——内裏《だいり》からも、すでに御本を借り受け、模本をつくる許可を得た。

という。

まったく、呆れるほどの手回しの良さだ。そういえば以前、何かのついでのように「越前・本多伊豆守とは、わけあって個人的に親しい」という話をしていたことがある。

宗達としては烏丸光広に感謝しこそすれ、迷惑がることなど何ひとつない。そのはずなのだが。

御所殿舎《ごしょでんしゃ》のひとつ、歴代の書物を保管する校書殿《きょうしょでん》（文殿《ふどの》とも）奥の間。

内裏役人の許可を得て「西行法師行状絵詞」を模写する〝法橋〟宗達。その宗達と並んで、烏丸光広がなぜか絵を描いている。正確には、二人の前に広げた絵巻を、それぞれが写し描いている。

なぜこんなことになったのか？

〝法橋〟宗達、禁中での初仕事ということで、「付き添い」と称してついてきた光広は、宗達が写本の準備を整える様をつまらなそうに眺めていたが、ひょいと思いついた顔になり、

「写し描く（模写する）だけやったら、自分にもできそうや。せっかくの機会やさかい、〝宗達もすなる模写といふものを、われも試みてみむ〟」

と、最後はどうやら『土佐日記』冒頭一節のもじりらしい。

烏丸光広は鼻歌でもうたい出しそうな気楽な様子でさっそく絵筆を用意し、紙を広げ、宗達の隣に並んで絵を模写しはじめた——という次第だ。

なるほど、烏丸光広は能筆家《のうひつか》として知られている。筆の特質を熟知しているということだ。これまでも、たまに「俵屋」で扇絵を描くことがあったが、宗達の目から見てもそこそこ面白い仕上がりになっている。器用なのは間違いない。

だが、絵に関しては、所詮はお公家さんの手遊《てすさ》びだ。禁中門外不出の御品、絶品「西行法師行状絵詞」の模写ともなると——。

宗達は以前、他の絵師による同絵巻模本をいくつか見たことがあるが、実際目の当たりにすれば、やはり原本の繊細さ、迫力にはとうてい及ばない。ましてや素人の手に負える代物ではない。案の定、

「あかん。なんで、うまいこといかへんのやろ……」

烏丸光広のぼやく声がずっと隣で聞こえている。

「妙やな？　こんなはずやないんやけど……。見とるぶんには簡単そうやったのに……自分でやってみると、これがなかなか……。なんとも難しいもんやなぁ」

光広はときどき、大袈裟にため息をつく。すがるような目付きで宗達を見る。

仕方なく、宗達がときどき手助けをする。

なんとか形にはなるはずだ——。

「よしっと。これで……できた」

宗達に遅れること数日、ようやく烏丸光広の絵模本が仕上がった。

「どや？　あんたの絵にもひけをとらん出来ばえやおへんか」

得意げに振り返った光広の顔を見て、宗達は思わずふき出しそうになった。

頬っぺたや額に色絵具がついたままだ。いや、そんなことはともかく――。

「ひけをとらん」も何も、最後はほとんど宗達の手助けによるものだ。それでも〝なんとか形になった〟だけで、仕上がりの差は歴然としている。

むろん光広自身にもそのくらいはわかっている。本来が恐るべき審美眼《しんびがん》の持ち主だ。わかってはいるが、まさかこれほど差がつくとは思っていなかったのだろう。照れ隠しのためにわざと頬や額に絵具をつけ、素知《そし》らぬ顔で宗達に訊ねた――。

とても五十を過ぎた名門公卿の振る舞いとは思えない。

烏丸光広は真面目くさった顔で仕上げたばかりの絵巻に向きなおり、墨をたっぷりとふくませた筆で末尾に詞書《ことばがき》を添えた。

現代語に訳せば、

「西行法師行状絵詞」四巻

本多伊豆守の所望により、禁裏御本を宗達法橋に模写させる。

詞書は予（光広）が担当した。
寛永七年、秋
ちびた筆（禿筆）にて描き終える。
どうぞお笑い（胡盧）下され。
特進光広（花押）

いかにも光広らしい、なんとももったいぶった韜晦《とうかい》ぶりである。

＊

あたかも、宗達への法橋位が置き土産であったかのように、寛永六年十一月八日、後水尾天皇は突然譲位を表明する。

同時に、興子内親王《おきこないしんのう》（女一宮《おんないちのみや》）の践祚《せんそ》（〝三種の神器〟の引き継ぎ）が行われた。

一件が明らかになると、宮廷社会ならびに幕府関係者はひどく混乱した。

「譲位」自体は、天皇家の歴史のなかで珍しい話ではない。

混乱の原因は、この譲位・践祚がほとんどの公卿や江戸幕府、京都所司代《きょうとしょしだい》に事前に知らされぬまま、突然行われたからだ。

宮廷・幕府関係者が「驚顚の気色《きようてんきしよく》」で右往左往するなか、一部の者たちは冷めた目でこの混乱を眺めていた。後水尾天皇から事前に相談を受けていた、ごく少数の公卿たちだ。

烏丸光広もむろん、そのなかに含まれている。

後水尾天皇の譲位には伏線があった。

かれは、これ以前にも何度か譲位の意志を周囲に漏らしている。

表向きの理由は「病《やまい》治療のため」（腫《は》れ物の灸治《きゆうじ》をしたいが在位中はできない）。が、実際は「紫衣事件」で勅許を幕府に勝手に無効にされ、親しい僧侶たちを流罪《るざい》にされた屈辱、あるいは幕府関係者のきまぐれで身分の低い武家女性に〝前例のない〟拝謁を強いられた「春日局事件」での恥の思いが、譲位決行の意志につながったのはまちがいない。

さらに、もう一つ。

後水尾天皇が疑念を抱いていることがあった。

かつて後水尾天皇は「およつ御寮人《ごりようにん》」と呼ばれるお気に入りの女御との間に男児（皇子《みこ》）を含む何人かの子供をもうけていた。中宮・和子との間にも二男五女が生まれている（男児はいずれも幼くして死亡）。ところが、徳川和子入内以後は、和子以外の女御たちとの間に、ただの一人も子供が生まれなくなっていたのだ。

妙な噂が宮中に流れた。

幕府は後水尾天皇と側室との間に皇子が生まれることをひどく恐れている。幕府の手の者がすでに後宮に入り込み、「ながし、おしころし」の業をなしているというのだ。

およつとの間に生まれた賀茂宮《かものみや》皇子は、元和《げんな》八年、五歳の時に原因不明の病にかかって死去。およつの兄たちも、幕府から言いがかりのような罪をきせられて流罪に処されている……。

真偽のほどはともかく、譲位を考えるには充分な理由だ。

後水尾天皇は「女一宮」に天皇の座を譲り、退位したい旨を幕府に打診した。

が、返ってきたのは、

——御子幼き間は現状のままで。

と木で鼻をくくったようなにべもない回答だ。

そのうち、周囲の公卿相手に愚痴を漏らしただけで幕府から強い言葉で慰留《いりゅう》を促す使者や書状が届くようになった。

宮中での天皇の言動は逐一《ちくいち》幕府に報告されている。

宮廷内に間者（スパイ）がいる、ということだ。

極秘裡《ごくひり》に準備がすすめられた譲位は、幕府を出し抜くための苦肉の策であった。

事後報告を受けた江戸幕府は、激怒した。

多額の金品を宮廷人にばらまいて念入りに情報収集工作を行ってきたはずが、譲位という最大事件を〝事前に知らされなかった〟とあっては「言語道断」と言うほかない。かねて光広が評定の場で口を開かなかったのは、ひとつには、宮中の情報が幕府に漏れていることに気づいていたからだ。金でスパイを務める公卿らは、しかも馬鹿なだけで悪気がないのがいっそうやっかいだった。

幕府・宮廷間に険悪な空気が流れた。

本来なら武家同士の間でのみ用いられるべき〝品のない言葉〟が、宮廷や公卿に対して直接発せられた。公卿らはふるえあがり、幕府の顔色を窺う者たちの間では「譲位表明後の復位の可能性」が話し合われたくらいだ。

考えてみれば、しかし、これは何ともおかしな話であった。

後水尾天皇は徳川和子との間に生まれた興子内親王に天皇の座を譲ると言っているのだ。情報開示のタイミングはともかく、徳川家の血を引く者が新天皇となることに対して、幕府がなぜ露骨にいやな顔をするのか？

興子内親王が女性であったから――としか考えられない。

だが、これもまた、後水尾天皇の側からすればおよそ理解不能な、理屈に合わぬ話だった。

譲位同様、女性天皇を異とする文化は天皇家の歴史にはない。実際——といえるかどうかはさておき——、記録上は「八人、十代の女性天皇」が存在する。聖徳太子《しようとくたいし》とともに伝えられる伝説的名君・推古《すいこ》天皇も女性だ。必要なのは有職故実の継承だ。性別は問題ではない。

女性天皇をいやがるのは、ひとえに江戸幕府の都合である。あるいは「武家社会」の都合というべきか。

武家社会は男系であることを重要視する。そもそも領地を拡大し、天下を統一、多くの人々を支配したいという欲望自体が男性的なものだ。

野蛮、と言い換えてもいい。

江戸幕府が女性天皇の誕生を嫌がったのは、

「武断政治」

といういさましい旗を掲げて天下統一をはたしたかれらが、武家社会の価値基準を世の中に徹底させようとしたからだ。

京の天皇家とは何の関係もない話である。

双方話がかみあわぬまま、京と江戸の間を何度も慌ただしく使者が往復した。

——幕府が本気で機嫌を損ねたら、自分たちはいったいどうなるか？

公卿の多くは、ただ首をすくめて成り行きを見守るだけだった。

風向きが変わったのは、その年も押し詰まった十二月二十七日。徳川秀忠から宮廷に対して「叡慮《えいりょ》次第」の旨が伝えられる。天皇の意向次第。江戸幕府は事態を容認する、という意味だ。公卿たちはようやく胸をなでおろし、安堵の息をついた。

新天皇の即位式が行われたのは、翌寛永七年九月のことであった。剣、璽《じ》、鏡、いわゆる〝三種の神器〟を受け取ることを「践祚」

皇位継承の事実を天下に布告することを「即位」

といい、この二つの儀式を経てはじめて「新天皇誕生」となる。

前年十一月の「践祚」から「即位」まで一年近く時間がかかったのは、周囲の者たちが幕府の顔色を窺い、いちいち江戸にお伺いの使者を立てて必要以上に準備に手間取ったためであろう。

即位式を経て、興子内親王は正式に「明正天皇《めいしょう》」、後水尾天皇は「後水尾上皇《じょうこう》」となった。

ときに明正天皇八歳、後水尾上皇三十五歳。

新天皇誕生は幕府と朝廷の新しい関係の幕開けであり、同時に幕引きでもあった。

幕府はそれまで模索してきた京都朝廷との一体統治の方針を転換。以後は江戸（幕府）に権力を一元化し、京都（朝廷）の権威を徐々に弱めていく方針に切り替える。

「叡慮次第」「事態を容認」

と言えば聞こえはいいが、要は「すきにしろ」ということだ。

江戸幕府による安定統治がすすみ、〝朝廷という権威の〝お墨付き〟をこれ以上必要としなくなった証拠であり、結果だった。

幕府関係者は、東国の辺境・江戸が急速に発展するにつれ、遠く離れた京に住まう天皇の権威を江戸の人々がさほど有り難《がた》がらないことに気づきはじめていた。

人は目に見えない権威より、目の前のきらびやかな威光に容易に目を奪われる。

京以外に住む人々が天皇・公卿を次に〝思い出す〟のは、幕府の権威が衰えた幕末になってからだ。

——京には有能な目付（スパイ）を配置しておけば良い。

そう考えた幕府は手はじめに、これまで幕朝間の連絡役を務めてきた「武家伝奏」中院通村《なかのいんみちむら》を解任。より幕府に忠実な公卿・日野《ひの》某に交替させた。同時に、金で雇った無能な公卿に情報を頼るこれまでの方針を転換し、宮廷内に公式・非公式の幕府直属の目付を送り込んだ。

このとき中院通村は、幕府から後水尾天皇の突然の譲位を阻止できず、幕府の意向

にそぐわない女帝誕生の事態を招いた理由を問われて、

「天皇の口宣《くぜん》を江戸で勝手に破ってしまうようなことがありながら、何が面白くて御《ぎょ》位《い》においでになられようか」

と憤然としてこたえ（天皇に仕える立場の公卿としては当然の反応なのだが）、結果、江戸での蟄居《ちっきょ》を命じられた。

後水尾天皇とごく近い立場にあり、非公式の連絡係でもあった烏丸光広も幕府に同じことを訊かれた。光広は答えて曰く、

「女帝は先例がないことではなく、またなにごとも主上のお考えですので、頑愚《がんぐ》な私には道理の判別がつきかねます。云々《うんぬん》」

のらりくらり。

幕府の者たちには光広の意図が奈辺《どこ》にあるのかつかむことができず、結局そのまま解き放ちとなった。見事な狡猾《こうかつ》さ、というものがこの世には存在する。

後水尾天皇譲位の後、烏丸光広の屋敷は荒れ放題になる。庭には草木が生い茂るまま、軒《のき》が壊れ、天井から雨漏りがしても、一切手を入れようともしない——。

事態に対する光広なりの〝喪の服し方〟だったのだろう。

烏丸屋敷のあまりの荒れ放題ぶりは、これを伝え聞いた後水尾上皇が修理修繕のために人足《にんそく》を派遣したほどだ。光広はしかし、

「東廂《とうしょう》漏るれば西室《せいしつ》に避け、西室壊れなば北舎《ほくしゃ》に移らん」（東の棟が雨漏りすれば西の部屋に避け、西の部屋が壊れたら北の建物に移動するだけだ）

と言って訪れた人足たちを自ら追い返してしまう。

報告を受けた上皇は、苦笑して「主人（光広）の言うことには構うな。勝手に修理してしまえ」と、ふたたび人足をやって屋敷を修理させた。

後日、光広がかしこまって参内したことは言うまでもない。

ちなみに、後水尾上皇は天皇退位の後（複数の女御とのあいだに）二十人以上の子供をもうけている。元来が、よほど生殖能力の強い人だったのだろう。

〝喪に服している〟あいだ、光広はもっぱら「俵屋」に入りびたっていた。

といっても、これまでのように宗達を連れて公卿の屋敷や寺社を忙しく歩きまわることもなく、ただぶらぶらしているだけだ。店のなかを行き来して下女や丁稚《こども》らをからかっているのが半分、あとの半分は作業場で職人たちに交じって一緒に扇をつくったり、絵を描いているといった感じだ。どれもこれも光広にとっては暇つぶし以外の何ものでもない。

迷惑千万

のはずなのだが、光広が顔を出すと店の雰囲気が急に華やかになるのは不思議なほどだった。光広は名門公卿というのにけっしてえらぶらず、相手に合わせて、ごくさばけたものの言い方ができる。今年十と十二になる俵屋の二人の娘たちも相変わらず光広の支持者《ファン》だ。作業場の職人から下女丁稚にいたるまで、光広が顔を出すのを嫌がる者はほとんどいない。

唯一の例外が、宗達の妻みつだった。

烏丸光広が来ると、みつの顔が一瞬こわばる。すぐにいつもの陽気な笑顔に戻るのだが――。

普段は人の好ききらいを顔に出すことのない彼女にしては珍しいことだ。理由は、みつ自身にもよくわからなかった。

烏丸光広が紙師《かみし》宗仁と懇意になったのもこの頃、「俵屋」でのことだ。

光広は、宗仁の実家である紙屋《かんや》とはかねて付き合いがあったものの、元和元年に本阿弥光悦について鷹峯に移住した宗仁とは面識がなかった。

光悦の使いとして「俵屋」を訪れた浅黒い顔の男を紹介されて、光広はすぐに思い当たった。若い頃〝書の師匠〟とも仰いだ本阿弥光悦作品の装幀《そうてい》に「紙師宗二」の印を見たことがある。

「へえ。ほなら紙師宗仁いうのんは、あんた様《さん》のことで……」

光広は目を細め、珍しい生き物でも見るように相手を観察した。小柄ながら彫りの深い顔。きりりと尻尾《しっぽ》が巻き上がった黒犬のような男だ。宗達とは家が近いこともあって、子供のころは遊び仲間だったという。

「なかなかエエ仕事しとりますなぁ」

と宗仁が持参した料紙に目を細めた光広は、ひょいと何か思いついたように顔を上げ、

「どやろ？　光悦はんのところばっかやのうて、たまには違う仕事をしてみるつもりはおへんやろか？」

そう言って、にっと笑った。

宗仁の側でも、最初こそ妙なお公家さんに訝しげな顔をしていたものの、すぐに意気投合し、さまざまな料紙の工夫について話し込むようになった。

この頃、烏丸光広が書いた「百人一首」和歌帖《わかちょう》が残されている。

同色茶系の、階調や質感が微妙に異なる数枚の色紙を、幾何学文様《きかがくもんよう》、稲妻形、扇形など、あえて直線を使って切り継ぎした料紙は、本阿弥光悦の背筋が伸びるようなまっすぐな文字ではあり得ない工夫だ。過去の王朝文化の継ぎ色紙とも明らかに違っている。

その複雑な継ぎ目を意識した形で面白く文字が書かれている。

烏丸光広の筆の運びは稲妻形の継ぎ目に沿って斜めにたおれ、あるいは横に跳びは

ねる。

作品から伝わってくるのは、諧謔《かいぎゃく》、斬新、洒脱《しゃだつ》、自由闊達《かったつ》の精神だ。

ここでもやはり「文字は人なり」という言葉がぴったりくる。

二人の共同作業《コラボレーション》は、紙師宗仁にとっては光悦の文字が前提では試せなかった新たな料紙工夫の機会であり、また烏丸光広にとっても良い気分転換だったような感じである。

その頃、宗達は。

別に変わりはない。店に出てお客の相手をしたり、得意先に時候の挨拶にまわったり、帳場で帳簿を確認したり、町《ちょう》の寄り合いに顔を出したり……。どれも宗達にとっては苦手なことばかりだが、絵屋「俵屋」の主人としてやるべきことをやっている。

むしろ、光広と出歩いていた間にたまった仕事を片付けるのに目がまわるほど忙しいくらいだ。

そんな中でも、宗達はなんとか時間を見つけて作業場にこもり、職人たちに交じってせっせと絵を描いている。「法橋」になったからといって、宗達の側では別段どんな自覚も変化もない。画面を前にして、どの絵柄、どの意匠を、どこに、どんな色づかいで配すれば、もっとも効果的か。それればかり考えている。絵を描いているあいだは誰が呼んでももろくに返事もしない——。

相変わらずといえば相変わらず。

変化といえば、宗達が「法橋」の位を得、宮中の仕事も引き受けるようになった事実が知れると、掛物や屏風など大きな絵の注文が増えたことだ。「宮中御用達の〝法橋絵師〟が描いた絵ならば、お客にも自慢ができる」というわけらしい。作品そのものではなく肩書を有り難がる傾向は、いつの時代も変わりはない。

一番の予想外は、堺に住むみつの父親、宗達にとっては義父にあたる松屋儀兵衛の喜びようであった。

京から〝法橋拝受〟の知らせが届いたとき、儀兵衛はしばらくポカンと口を開け、目を瞬《しばたた》いていたが、やがて内容を理解すると、握った両こぶしを天に突き上げて表に飛び出し、

――やりおった！　やりおった！　みつの亭主がやりおった！　見てみ、わしの見込んだとおりや。あのおっさん……もとい、宗達はん、あんたはやっぱり大したもんや！

と、あたかも兎のごとくとび跳ねながら、大声で堺の町中にふれまわったらしい。

折り返し、儀兵衛からお祝いの品が届けられ、同時に六曲一双の屏風の依頼があった。

――法橋宗達殿お披露目《ひろめ》の席で使いたいんで、めでたい絵を屏風に描いて欲しい。

なるべく人の目をひくような、ぱっとしたものを。

という注文だ。

宗達は、正直、これには閉口した。

法橋お披露目の席――叙勲《じょくん》記念パーティーのようなものだろう。大勢の人のなかに入っていくのが苦手な宗達としては、できれば勘弁してもらいたいイベントだ。

閉口した理由は、それだけではなかった。

堺はもともと〝派手好き〟の町として知られている。

〝京都の着倒れ、大坂の食い倒れ、堺の家倒れ〟という言葉があるくらいで、堺の人々は家屋敷また内装品に金を惜しまない。

堺納屋衆の一人、裕福な絹織物問屋・松屋ともなれば、家の中にはすでに唐渡り・南蛮渡来のど派手な調度品がいろいろと取り揃えられている。

そのど派手な内装品の間に立て置いてなお〝めでたい〟、しかも〝なるべく人の目をひく〟〝ぱっとしたものを〟と言われるような屏風絵となると――。

義父からの屏風注文依頼の書状を前に、宗達は腕を組み、うん、と唸った。

宗達としても義父に喜んでもらいたいのはやまやまだが、ことがことだけに（なにしろ己に関する絵だ）、普段の仕事とはまたちがった難しさがある。

宗達はやれやれとため息をつき、ふと、みつとはじめて会った日のことを思い出した。

あの日は――。

何がなんだか、わけがわからなかった。

朝からそわそわとして落ち着かず、気がつくと座敷の上座にみつとならんで座らされていた。いま考えても変な感じだ。あれから十三年？　それとも十四年経ったのか？　なんだか浦島太郎《うらしまたろう》にでもなった気分だ。

婚礼の席で、義父は「高砂《たかさご》」の能《のう》を自ら舞って二人を祝福してくれた……。

（そや、そやったなぁ。すっかり忘れとったわ）

宗達は思い出して苦笑し、頭にひょいとアイデアが浮かんだのはそのときだ。宗達はしばらく思案したあとで、ぽんっと一つ膝をうって立ち上がった。

（よっしゃ、あれでいこ）

構図が決まった。

右隻には波に洗われる二つの小島。小島の上に見えるは高砂の浦の松だ。

波は滔々《とうとう》と渦巻き、白い波頭をあげながら左隻《させき》へと流れ込む。

行き着く先は、相生《あいおい》の松が生える住吉《すみよし》の浜――。

高砂や、この浦舟《うらふね》に帆をあげて、

この浦舟に帆をあげて、月もろともに出《い》で潮の、波の淡路《あわじ》の島影や、遠く鳴尾《なるお》の沖過ぎて……

たゆたう海には金泥と銀泥の描線を交互に並べ描き、波頭は白い胡粉《ごふん》で力強く描く。

左隻左下三扇にまたがって描かれた大きな海中の州浜《すはま》表現は、かつて「平家納経修理」の際に宗達が修得したものだ。画面上部の、松がからまる金色の渚《なぎさ》には細かな切《きり》箔《はく》が撒《ま》かれ、銀の縁取《ふちど》りによって厚みをあたえている――これもまた「平家納経」に見られる表現。

一方で、右隻の小島の色彩は、宗達絵のなかでは一風変わった鮮やかな群青《ぐんじょう》、緑青、紫土《しど》、黄丹《おうたん》に塗り分けられている。「西行法師行状絵詞」を模写することで新たに宗達が獲得した色づかいだ。

「平家納経」と「西行法師行状絵詞」。

二十代と五十代に修得したそれぞれの技法が、一つの絵のなかで矛盾なく並立している。恐るべきことを、宗達は平然と行っている。

結果として、法橋宗達お披露目の席に飾られた六曲一双の屏風絵は見事に〝めでたい〟かつ〝ぱっと人の目をひく〟品となった。こんにち、米国《アメリカ》に渡り、

「松島図屏風」

の名で呼ばれている作品だ。

この屏風絵にはもう一つ〝めでたい〟仕掛けがある。

宗達作品を示す新たな印だ。


烏丸光広が、後水尾天皇譲位の〝喪に服していた〟ある日。

いつものようにぶらりと「俵屋」を訪れ、何げなく作業場を覗いた光広は、制作途中の「松島図屏風」を目にして、ほとんど腰を抜かさんばかりに驚愕した。以前、隣で並んで模写した「西行法師行状絵詞」が、まさかこんな形で新しい作品に生まれ変わるとは、光広には思いもかけないことだった。

その日を境に、烏丸光広はふっつりと姿を見せなくなる。

「松島図屏風」完成間際、ふたたび「俵屋」に顔を出したとき、光広は宗達にある品を持参した。

――いつまでも「伊年」印ではおかしおすやろ。

横を向き、素っ気ない言葉とともに差し出されたのは、

「對青軒」

の文字が刻まれた印章であった。

烏丸光広直筆文字を版下に使っている。だが。

(對青軒?)

首をかしげた宗達に、光広は視線をわきに逸らせたまま、ぶっきらぼうな口調で文字の理由《わけ》を説明した。

上京小川、六波羅《ろくはら》、四条《しじょう》万里小路《までのこうじ》の「俵屋」三店舗は、偶然ながらいずれも「東向き」の見世作りだ。古来、東西南北は青(青龍《せいりよう》)白(白虎《びやつこ》)赤(朱雀《しゆじやく》)黒(玄武《げんぶ》)であらわされてきた。「東向き」の「俵屋」の主人なので「對青軒」――。

意外なほどの単純な理由に宗達は一瞬ふきだしそうになった。すぐに光広の心づかいに気づいて、真面目な顔で頷いた。

烏丸光広は自分の都合で宗達を連れまわし、あげく「法橋」などというたいそうな位を授けることになった己の身勝手さにいまさらながら気づき、それを恥じ、詫びているのだ。「對青軒」という素っ気ない雅号も〝照れ屋のインテリ〟烏丸光広にとっては一連の思考の流れの自然な結果なのだろう。

「おおきに。ありがたく使わせてもらいます」

宗達は押しいただくように、光広が差し出す印を受け取った。

口にはしなかったが、光広が得意とする和歌の世界では「青(青)」「東」「春」は、ほぼ同義だ。宗達の描く絵には〝春に對《むか》う〟明るさがある。あるいは、それこそが本当の命名理由だったのかもしれない。

いずれにしても、そろそろ本阿弥光悦の巨大な翼の下から抜け出していい頃だ。

完成した屛風絵の右隅に、宗達はのびやかな字で己の名を記し、光悦の「伊年」印ではなく、烏丸光広からもらった新しい印を捺した。

「法橋宗達」

「對青軒」

届けられた見事な屛風絵と〝法橋〟宗達の署名、加えて新しい印を目にして、義父・松屋儀兵衛は文字どおり雀躍《こおどり》して喜んだ。

後日、なんとかやり終えたお披露目式のあと、宗達はみつに「おかげさまで、よい親孝行をさせていただきました」と、あらたまって礼を言われた。

なんだか妙な感じだった。

二十一　関屋澪標図屏風

醍醐《だいご》ノむしたけ五本
送被下忝候《おくりくださりかたじけなくそうろう》
御懇志難申尽候《ごこんしもうしつくしがたきそうろう》

こんにち残る俵屋宗達直筆の唯一の書状である。

宗達が無類の筆無精《ふでぶしょう》だった——というわけではなく、あるいはそうだったのかもしれないが、当時、紙は貴重品であった。公的文書はともかく、私信は通常よほどの貴人か有名人からの手紙でもないかぎりは、手元に残されなかった。書き損じ、あるいは読み終えた手紙は反古《ほご》として回収され、再生《リサイクル》される社会システムであっただけの話である。

手紙の宛先は「快庵」なる人物。かれが何者なのか、じつはよくわからない。醍醐寺の寺男であったという説もある。

言われてみれば、なるほど醍醐寺界隈には竹林が多い。

宗達が受け取った〝むしたけ（蒸した筍《たけのこ》）〟が醍醐寺裏の竹林産であったか否かはともかく——。

宗達は不思議と醍醐寺と縁がふかい。

最初に訪れたのは〝醍醐の花見〟——時の天下人・太閤秀吉が企画・開催した前代未聞の一大花見イベントのさい。まだ二十代半ば、「俵屋のぼん」と呼ばれ、自分が何者なのかまるでわかっていなかった頃だ。

醍醐の花見が宗達にとって一つの転機であったのは間違いない。花見の席では京都中から集められた数多くの名品名画が惜しげもなく披露されていた。それらは宗達の頭のなかに収められ、整理されて、その後の作品制作の糧となっている。

一見のどかなあの観桜の宴は、醍醐寺にとっては実は寺の命運をかけた「一大事」であった。

伏見醍醐寺。

空海を祖とする真言宗《しんごんしゆう》派の古刹《こさつ》である。創建は貞観《じようがん》十六年（八七四年）。以来、主に宮廷の援助を受けて繁栄してきた。が、京全土を灰燼《かいじん》に帰せしめた応仁の乱で、醍醐寺も五重塔を除く伽藍《がらん》の大半を焼失。その後、寺は荒れ果てた。

秀吉が最初に桜を観に訪れた慶長三年三月、醍醐寺が誇る五重塔は〝傾いていた〟

という。

ときの醍醐寺座主《ざす》・三宝院《さんぼういん》義演《ぎえん》は秀吉に急速に接近する。目的は醍醐寺再建。そのために天下人・秀吉の力を借りる。一方、秀吉の側でも、前《さきの》関白二条昭実《にじょうあきざね》の実弟・義演との関係を密にしておくことは政治的な利点があった。

境内に一千三百人もの女たちを集めて催された前代未聞の観桜の宴〝醍醐の花見〟は、秀吉と義演、双方の思惑が重なることで実現した一大デモンストレーションであり、それゆえに絶対に失敗が許されないイベントであった。

花見当日は、前日までのぐずついた天気がうそのように朝から青空がひろがる恰好のお花見日和となった。

ちなみに翌日はまた雨。このあたり、秀吉が「運の強い男」と言われるゆえんだろう。

お花見はつつがなく行われた。

義演はその日（三月十五日）の日記にこう記している。

一寺之《いちじの》大慶《たいけい》、一身之《いっしんの》満足也《まんぞくなり》。

前代未聞のお花見イベントを成功させたことで、醍醐寺は大手を振って秀吉の支援を受けることが可能になった。

花見の宴の直後から、早速、醍醐寺三宝院再建工事がはじめられる。もし〝花見が失敗〟していたら、どうなっていたかわからない。

手はじめに、名石「藤戸石《ふじといし》」が聚楽第《じゆらくだい》から三宝院前庭へと運び込まれた。かつて織田信長が京の細川邸から奪い、信長の死後は秀吉が聚楽第の庭に据えた「天下の名石」である。ぎらりとした光沢のある青石で、謂《いわ》れは謡曲《ようきよく》「藤戸」に由来する。

謡曲「藤戸」は、源平《げんぺい》合戦の際、源氏側の佐々木盛綱《さききもりつな》が浅瀬（藤戸石が目印）を教えてくれた親切な漁師の若者を口封じのために斬り殺し、その若者が化けて出てくる――というもので、あまりめでたい話ではない。

信長は、この謂れを知っていた。その上で〝武士は時に口封じのために漁師（民）を斬り殺す。それで戦に勝てば良いのだ〟という姿勢を周囲に示すために、わざと派手な演出付きで石を奪った。そんな気がする。

秀吉は、たぶん謂れを知らなかった。あるいは知っていて、あえて気にしなかったのかもしれない。

「藤戸石」は聚楽第から伏見街道を山越えで醍醐寺に運ばれた。引いてくるのに三百人の人手を要したという。

藤戸石を中心に池、築山《つきやま》、滝、石橋、植栽《しよくさい》と作庭《さくてい》は順調にすすみ、同年五月二十五日には早くも池には水がはられ、鯉《こい》や鮒《ふな》が泳いでいる。

三宝院庭の縄張り（設計）は秀吉本人、と伝えられる。

秀吉はしかし、完成した庭を見る機会もなく八月に急逝《きゅうせい》。その後は北政所《きたのまんどころ》（秀吉正室おね）の援助を受けて再建工事は続行され、その年の暮れには早くも寝殿《しんでん》・書院《しょいん》以下、八棟の建物が完成している。花見で使われた能舞台や茶屋の建築資材が移築・再利用されたらしい。

その醍醐寺からの仕事の話をもってきたのは、例によって烏丸光広であった。

「三宝院の座主さんが、あんたに仕事を依頼したいそうや」

いつものように案内も請わず俵屋奥の作業場にまで入ってきた光広は、何でもないようにそう切り出した。

作業場の一隅に座った宗達は、光広が来ても顔も上げない。返事もしない。

店の絵職人たちが描いた大量の扇絵や色紙絵、短冊絵のえり分け作業の途中であった。「俵屋」の商品として店に出せない出来の悪い絵をはじき出し、うまくない箇所に手をいれる。

こんなことなら最初から自分で描いた方がよほど楽な気もするが、すべての注文を一人でこなせるわけではない。

光広の方でも心得たもので、気にするふうでもなく、顎先を指でひねりながら、「絵の内容についていっぺん会《お》うて話をしときたい。二人でおこしいただきたい。そない言うてはるんやけど、どないしよか？」

宗達は一瞬えり分け作業の手を止め、相手の顔を窺い見た。

烏丸光広は、いつものようにつるりとした顔で表情が読めない。

どないするも、こないするも、どうせ光広がすでに引き受けてきた話だろう。

二人でというのがいささか怪しいが、醍醐寺三宝院座主どのからのせっかくのお声がかりだ。行って損はあるまい。

えり分け作業もちょうど一段落したところだ。

見世《みせ》に出すことにした商品を、もう一度ざっと確認する。

誰が描いた絵なのか、宗達には一目瞭然だった。近ごろは「俵屋」に職を求めてくる者のなかに、狩野派や土佐派を学んだ者たちがちらほら交じるようになった。御用絵師を志して狩野派・土佐派に入門したものの、何らかの理由で破門になった、あるいは自ら御用絵師の道を断念した者たちだ。かれらはなるほど絵の基本は押さえている。線のひきかたも見事なものだ。

だが、かれらが描く絵はどうも面白くなかった。型にとらわれ過ぎる傾向がある。型にしばられるというなら、御用絵師と絵職人とでは本来立場は逆のはずなのだが……。

宗達は絵筆をとり、一筆二筆線を加え、色を置き直した。

それだけで、見違えるように良くなった。絵がぱっと明るくなる。

（ま、こんなところやろ）

宗達は口のなかで小さく呟き、絵筆を置いた。

よいしょ、と声に出して立ち上がる。五十を過ぎ、最近は立ち座りのたびに無意識に声が出るようになった。


宗達は烏丸光広にともなわれて醍醐寺を訪れた。

伏見には時折仕事で足を運んでいるが、醍醐寺の門をくぐるのは、考えてみれば〝醍醐の花見〟で裏方を務めて以来、三十数年ぶりだ。

光広の後をついて歩いていた宗達は、途中足を止め、周囲を見まわした。

広い境内に、まばらに人影が見える。

聞こえるのは、蟬《せみ》の声ばかりだ。

かつてこの同じ場所が、きらびやかな衣装をまとった一千三百人もの女たちであふれ返り、彼女たちを楽しませるための各種イベントが賑やかに催されていたことなど、まるで夢か幻であったかのような静けさである。

宗達はそっと息をついた。見上げれば、まぶしいばかりの夏空。濃い緑をたたえた山の端に湧き立つような雲が浮かんでいる……。

目を細めて空を眺めていると、烏丸光広が戻ってきて、隣に並んで一緒に空を見上げた。

——どないしやした？　何ぞ面白いものでも見えますかいな？

とは、光広は聞かない。

宗達に見えているものが、自分にも見えるとは限らない。

烏丸光広は、その程度には宗達を理解している。その代わり、

——先《さき》さんが待っておいやすよって、早《は》よ、行きまひょ。

そう言って、宗達を現実に呼び戻す。

宗達は烏丸光広に促されて歩きはじめる。そのときはもう、たったいま自分が何を考えていたのか思い出すことができない。

竹箒《たけぼうき》で表を掃いていた小僧をつかまえて用向きを告げると、上がって待つよう言われた。

通されたのは醍醐寺三宝院表書院。

三宝院の中に入るのははじめてだ。

廊下をわたり、案内された座敷に着座したあと、宗達は徐《おもむろ》に庭に目をやって思わず「ほうっ」と感嘆の声をあげた。

表書院南側、築地塀《ついじべい》に囲まれた奥行き四十メートル、幅百メートルほどの庭の中心を占めるのは複雑な形状をした大きな池だ。満々と水をたたえ、鯉や鮒がのんびりと泳ぐ大池には大小いくつかの島が設けられ、趣向を凝らした橋が島同士をつないでいる。庭には、松や柳のほか、檜《ひのき》、樅《もみ》、栂《とが》、朴《ほお》が植えられ、さらに棕櫚《しゅろ》や蘇鉄《そてつ》が異国情緒を醸し出している。

池の対岸に〝名石〟藤戸石。

さらに奥の三段の滝が庭全体に動きを与えている。

見事な庭だ。さすが「天下の名庭」と謳われるだけのことはある——。

不意に脇をつつかれた。

振り返ると、正面に僧形の若者がすでに着座していた。

肌理《きめ》のこまかな色白の顔に、朱をさしたような唇《くちびる》。形の良いちまちまとした目鼻だちは、典型的な公卿顔のひとつだ。

——い、おはつにお目にかかります。

若者が目の端に柔らかな笑みを浮かべて、先に口をひらいた。

——三宝院覚定《かくじょう》にござります。

宗達は相手の意外な若さに一瞬目をしばたたき、すぐに我に返って、若者に深く平伏《へいふく》した。

これより五年前。

先代の三宝院門跡・義演が六十九歳で没し、跡を継いだのが弱冠二十歳の覚定であった。

覚定は名門鷹司《たかつかさ》家出身、十二歳で醍醐寺に入る。先代の義演とは、伯父・甥の関係だ。幼少より美童・秀才をうたわれ、十三歳で空海『三教指帰《さんごうしいき》』を読み、翌年には難解至極《しごく》な同書奥義を会得《えとく》し、義演が戒師《かいし》となって得度《とくど》式が行われた。

姉・孝子《たかこ》は三代将軍家光正室。

兄の正室は、後水尾上皇の姉・清子内親王《せいしないしんのう》である。

幕府とも宮廷ともごく近しい間柄だ。逆にそのぶん別の難しさもある。

宗達が醍醐寺を訪れた寛永八年夏。

三宝院門跡覚定は二十五歳。

宗達が「醍醐の花見」の裏方衆として初めてこの寺を訪れた時と、ちょうど同じくらいの年齢だ。右も左もわからぬ扇屋の若旦那、まだ何者でもなかった宗達とはちがい、覚定はこの若さにして先代・義演の遺志を受け継ぎ、醍醐寺座主として宮廷・幕府双方から崇拝《すうはい》・信仰・尊敬の念を勝ち得ている。

京と江戸の間で揺れ動く複雑な政治状況のなか、大寺を預かって見事な舵取り《かじと》手腕といえよう。人徳というべきか。

——近ごろは妙なお天気が多おすなぁ。

三宝院表書院に集まった三人の会話は、この国の伝統にのっとって、型どおり季節の話題からはじまった。

例年より夏が短く、しかも日中の気温があまり上がらない〝冷夏〟であった。暦の上ではまだ夏だというのに、朝夕庭をわたる風には早くも秋の気配が色濃く感じられる。

——あんまり暑ないのはよろしおすけど、やっぱり夏は夏らしゅうしてもらわんと、なんや変な心地どすなぁ。

あるいは、

——今年のお米の出来はどうどっしゃろか。

などと、庭を眺めながらしばらく当たり障《さわ》りのない会話を連ねていたが、宗達がひょいと、

——これからの季節は、おやまは紅葉《もみじ》が楽しみどすな。

と振った話題に、覚定が苦笑して、

——ここだけの話、太閤はんが桜ばっかりおやまに植えおしたさかい、秋はあんまり見どころがおへんのどす。

と応《こた》え、

――そやからいうて、植え替えるいうわけにもいきまへんしなあ。

と光広がまぜ返すほどに場がなごんだあたりで、話題が『源氏物語』に転じた。

三宝院覚定は、聞けば、『源氏物語』の熱烈なファンなのだという。

――物語を読んどるときだけは、浮世の憂《う》さをみんな忘れられます。

覚定は目元に寂しげな笑みを浮かべてそんなことをいった。

二十五歳の若き門跡が大寺・醍醐寺を率《ひき》いていくには、外からは窺い知ることのできぬ気苦労も多いのだろう。

覚定はもともと和歌を家業とする公家一族の出だ。素地は充分。大寺座主とはいえ、若き覚定が源氏物語に描かれた王朝の世の儚《はかな》い、と同時に絢爛豪華《けんらんごうか》な美意識に共感を覚え、興味をひかれるのは、ごく自然な成り行きだった。

最初のうち宗達は、仕事の話がはじまったことに気がつかなかった。

いつの間にか覚定と光広が口を閉ざし、二人して宗達にじっと視線を注いでいるので、ようやくそれと悟った次第だ。

宗達は二人の顔を交互に見比べて尋ねた。

――えっ？　ほなら、何どす。ご所望の品いうのは『源氏物語』の絵どすか？

覚定の色白の頬が見るまに赤く染まった。

代わって光広が、宗達に小声で耳打ちをした。

「門跡はんは、源氏の屛風絵を欲しい言うてはるのんや」

へえ、と宗達は目をしばたたいて間の抜けた返事をした。

源氏の扇や色紙は、昨今「俵屋」きっての人気商品だ。屛風絵に、という注文は多くはないが、これは値が張るからであって、覚定が頰を染めたり、光広が小声で耳打ちをする理由がわからない。

——問題があってな。

と先を続けようとする光広をおしとどめ、頰を赤らめたまま、覚定が思い切ったように自分で言った。

——お寺に置くんで、女人《によにん》の姿は描かんといてほしいんどす。女なし源氏。そんな屛風絵が出来ますやろか？

『源氏物語』は平安中期に書かれた長編小説だ。

作者は、藤原為時《ためとき》の女《むすめ》・紫式部（本名不詳）。

内容は、容貌、才能、血筋、すべてに恵まれた主人公・光源氏《ひかるげんじ》が多くの女性と関係をもちながら成長し、やがて運命に導かれて栄華を極めてゆく姿を描く——というものので、粗筋《あらすじ》だけ聞くと〝なんだか馬鹿みたいな話〟だ。が、それを言えば、洋の東西を問わず、どんな傑作小説も粗筋だけ聞けば〝なんだか馬鹿みたいな話〟である。

小説の面白さは、粗筋だけでは伝わらない。

たとえば、この『源氏物語』。

平安中期、王朝文化のもっとも華やかなりし時代の空気を映した本作は、おそらくは作者の思惑《おもわく》をこえて日本人の美的センスを見事に描き出し、その後の日本の教養文化を深く規定する作品となった。「『源氏物語』こそが、こんにちの日本の美意識の源泉である」と主張する学者も少なくない。

尤も、いまでこそ『源氏物語』は世界的に認められ、学術的にも高く評価されているが、書かれた当時の読者は宮廷内の女房衆にかぎられ、〝所詮はおんなこどもの読むもの〟と蔑まれてきた。こんにちいうところのハーレクイン・ロマンス扱いと考えればまず間違いない。

日本では長く教養とは即ち漢籍《かんせき》を意味した。教養人が手にとるべきは、まずは四書五経。さもなければ『史記《しき》』『資治通鑑《しじつがん》』といった具合で、〝かな文字〟で書かれた文章は〝おんな手〟と呼ばれ、それだけで二流以下とみなされた（なにしろ作者の本名すら伝わらないくらいだ）。

発表から六百年。『源氏物語』はその後、一部公卿の間で評判を得、この時代には後水尾天皇が『源氏物語』の講釈を受けたという記録も残っているのだが。

三宝院覚定。

真言宗醍醐派総本山門跡ともなれば、曼陀羅《まんだら》を解釈し、梵語《ぼんご》で仏典仏法を繙《ひもと》くことを周囲から期待される。〝おんな手〟で書かれた『源氏物語』を寺内で愛読している姿を見られるのは、さすがに憚《はばか》られる状況であった。

――お寺に置きますよって。

若き覚定はそう言って顔を赤くした。が、じつを言えば先代の門跡・義演が生前記した元和三年の日記にはこんな一文がある。

源氏物語花鳥余情始一覧 老狂所意 外聞其憚不少（『源氏物語』の注釈書「花鳥余情」を読みはじめる。老狂のなすところ、大いに外聞《がいぶん》を憚ることよのう）

この一文を記したとき、義演六十歳。

老僧、正直にもほどがある。一周まわって、むしろ微笑ましいくらいだ。

二十五歳の覚定に、先代老僧ほどの開き直りを期待するのはいささか酷というものだろう。

いくら愛読書でも、全編これ色物語ともいえる『源氏物語』の場面をそのまま描いた屏風をお寺に置くわけにはいかない。

本音と建前。

理屈はわからないではない――。

「ほんなら、扇か色紙にするいうのはどうどっしゃろ？」

宗達は膝をすすめて、覚定に提案した。『源氏物語』の各場面を描いた扇や色紙は、昨今「俵屋」きっての人気商品だ。いくらかきわどい場面を描いていても、手元において楽しむぶんには問題はないのではないか？

それは――。

と覚定はいっそう顔を赤くして首を横に振った。

こそこそしているようで嫌だ、やはり屏風が欲しいという。いまでいえばグラビア写真集を部屋で眺めている感じがあったのかもしれない。

それに――。

と覚定はかすかに苦笑し、宗達にこんな打ち明け話をした。

「じつは小さい時分から、雷いうもんが恐ろしおしてな」

子供の頃は、雷が鳴り出すときまって屏風の陰にうずくまり、頭を抱えて小さくなっていたという。

屏風は本来〝風を屏《ふせ》ぐ〟ものだが、屏風を立てまわして雷避《よ》けにするという話もよく聞く。科学的根拠はともかく、家の中で木の下に逃げこむような感覚で安心するらしい。

寺に入ってからはさすがに顔に出すことはなくなったものの、いまも雷が鳴るときは屏風の陰に入ると安心するのだという。

　それでは、と宗達は少し考え、別の提案をした。

　——以前、相国寺におさめた「蔦の細道図屏風」のような感じはどうどすか？

　あのときも、色恋抜きの『伊勢物語』という無理難題を吹っかけられて工夫した図案である。人物を排し、見る側に内容を暗示的に提示するデザイン的な画面。あれなら寺においても、また誰に見られても問題ないはずだ。

　だが、それもだめだという。

　覚定は一瞬口を閉ざし、言いよどんだあとで、決まり悪げにこう切り出した。

「人《しと》の姿は入れてほしいんどす。絵が、やさしい感じになりますよって」

　人《しと》は入れて、女《しと》は入れない源氏物語屏風絵とは、これいかに？

　難しい判じ物、謎掛けのようだ。

　さすがの宗達も、首をひねるしかない。

　誰も口を開かなかった。

　冷夏のせいか蟬の鳴き声も途絶えがちで、聞こえるのは池に流れ落ちる滝の音。あとは光広が扇を開いたり閉じたりする、ぱちり、ぱちり、という音くらいだ。

　ややあって、覚定がため息をついて口を開いた。

「これは、言おか言わんとこか迷てましたんやけど……」

と声をひそめるようにして、さるやんごとなきお方の名を口にした。

「こないだその方のお屋敷を訪ねたとき、六曲屏風が、なんでか半双きり置いてあるのを見かけやしてな」

六曲半双の屏風に描かれていたのは、源氏物語「関屋《せきや》」の巻の一場面。主人公・光源氏が乗った牛車《ぎっしゃ》が、かつてかれが思いを寄せた女性の一人・空蟬《うつせみ》と、逢坂《おうさか》の関ですれちがう場面を絵にしたものだった。

背景は、金箔張りに見せた金泥塗り。六曲半双の屏風のうち、右四扇に描いた牛車と十数名の人物によって観る者の視線を左向きに誘導し、その視線の先、屏風の左半分中央下にただ一人、右を向いた白衣の男が座っている。男の頭上に和歌が一首。

行くと来と　せきとめがたき涙をや　関の清水と人はみるらん

源氏物語「関屋」の巻で詠《よ》まれた歌だ（著者注　源氏物語原典では「絶えぬ清水」）。

「面白いな思うて、しばらくうっとりと眺めといやした」

覚定は目を細めて言った。

あとで屋敷の主に尋ねると、屏風は「俵屋」製。そこに烏丸光広が和歌を書いて贈ってきたものだという。

「そのとき、ふと気づいたんどす。この屏風には女《しと》は一人も描かれてない。そやのに、ひとめで源氏の絵やとわかる。なるほど、これやったらうちの寺にも置けるやないか。そう思いましてなぁ」

覚定はにこりと笑い、二人の顔を交互に眺めて、

「今日わざわざお二人をお呼びたてしやしたんはほかでもおへん。あんな屏風を、うちの寺にもつくってもらわれしまへんやろか」

そう言って頭を下げた。

「いやぁ……。あれは、しかし……。よわったな」

烏丸光広が、珍しく困惑した様子で呟いた。

覚定が持ち出した「関屋図屏風」の話は、光広にとっても初耳だったようだ。

烏丸光広は齢《よわい》五十をこえてなお色恋の路を捨てていない。というか、ほとんどは単なる習慣なのだが、女性関係におけるまめさぶりは、振り返って、我ながらおかしくなるときがあるくらいだ。

先日も光広は、以前関係があった女が乗った牛車とたまたま近江路《おうみじ》ですれちがった。挨拶は交わしたにせよ、あくまですれちがっただけ。普通なら、なんということはない単なる偶然、日常のひとこまである。

だが、光広は思いもかけぬ場所で、思いもかけず昔の女に出会った偶然を面白く思

い、これをかたちに留めようと考えた。といっても、かつて光広と関係があった女御はいまではやんごとなきお方の正室となっている。正式に書き留め、あるいはおおっぴらに触れて回るわけにはいかない。

　そこで光広は和歌を詠んだ。

　　行くと来と　せきとめがたき涙をや　関の清水と人はみるらん

という源氏物語の有名な和歌をふまえ、「右の心をよみて書きつぐ（光広）」と前置きして、

　　お車の縁《えにし》はあれな年経《へ》つつ
　　また近江路《あふみち》に行くも帰るも

　単なる偶然のすれちがいを、源氏物語「関屋」の巻に出てくる状況に重ねることで物語に仕立て上げる。面倒くさいといえばそれまでだが、それこそが公卿にとっての教養であり、風流というものだ。

　さて、歌はできた。

　手紙にして届けるだけでは芸がない。光広は、俵屋に一回り小ぶりの中屏風半双の製作を依頼し、これに自作の歌を書き付けて届けることにした。

光広から依頼を受けた宗達は呆れたように肩をすくめ、注文通り「西行法師行状絵詞」から一場面を切り取って屏風に仕立てた。

主役はあくまで光広の和歌だ。片隻屏風の左半分に大きく文字のスペースを取り、左半分中央下、ただ一人右向きに座る白衣の男（光広）が歌を詠んでいるように見せる趣向である。文字の邪魔にならないよう、絵はあくまで控えめにおさえた。

光広は屏風の目立つ場所に源氏「関屋」の有名な和歌を散らし書き、左隅に目立たぬよう小さな文字で自作の和歌を書き添えた。その結果が、覚定が先日〝やんごとなきお方〟の屋敷で目にした金屏風というわけだ。

――六曲屏風が、なんでか半双きり。

覚定は不思議そうに言ったが、贈ったのはもともと〝片恋〟を意味する半双だけだ。

三宝院の若き門跡・覚定にそういった事情を細かに話すわけにもいかず、光広は渋い顔で扇をぱちつかせている。

「どないどっしゃろ？」

覚定の生真面目な再度の問いかけに、光広は苦笑するばかりだ。

振り返ると、宗達はうすく口を開け、心ここにあらずといった風情でぼんやりと庭を眺めている。

（聞いとるんかいな？）

光広はうんざりした顔で手を伸ばし、閉じた扇の端で宗達の膝をつっついた。

宗達は目を瞬き、左右に目をむけたあとで、ようやく我に返った。「ああ、そうか。なるほどな」と間の抜けた声で呟くと、急にしっかりとした表情になり、

「お話は、よお分かりました」

と、覚定にむかって染み入るような笑顔を見せた。

「人を入れて女を出さない源氏。先の関屋図屏風みたいな。——よろしおす。今回は歌なしで、絵だけで勝負させてもらいまひょ」

そう言い切る宗達は、先ほどまでとは人がちがったような自信たっぷりの様子である。

＊

その年の九月《ながつき》十三日。

宗達は出来上がった屏風絵を携えて醍醐寺を訪れた。

表書院では、先に到着した烏丸光広が、三宝院覚定とともに新しい屏風絵の御披露目を首を長くして待っている。

宗達は、屏風を運んできた「俵屋」の店の者たちに梱包を解くよう指示したあと、光広、覚定と並んで末席に腰を下ろした。

用意が整い、六曲一双、全十二扇の屏風がしずしずと開かれる。

現れた絵をひとめ見て、覚定は「お見事」と声をあげた。

片隻には源氏物語から「関屋」の巻。これは、先日、覚定が例にあげた〝さるやんごとなきお方〟の屋敷で見た屏風とそっくりそのまま同じ構図を踏襲《とうしゅう》しているので、すぐにそれとわかった。

先の「関屋図屏風」と比べた場合、絵の印象はこちらの方がはるかに華やかだ。人物の背景に山や家が描き込まれている、といった単純な理由ではない。先の「関屋図屏風」が光広の和歌を引き立てるための絵だとすれば、こちらの屏風はあくまで絵が主役となって、観る者の目と心をつかんで離さない。宗達による見事な「描き分け」である。

もう一隻は、山道での出会いを描いた「関屋」の巻とは一転、描かれているのは海と浜に集うひとびとだ。浜の牛車とその周りに集まった大勢の者たちの動きに誘導された視線の先には「たいそう美しい着物を着、みずらに結うて、紫ぼかしの元結《もとゆい》も優雅に、身の丈、姿も揃うている十名の童《わらべ》の姿」——源氏物語に精通した者ならすぐに「住吉詣《すみよしもうで》」の場、「澪標《みおつくし》」の巻を連想する絵柄である。

両隻ともに鑑賞者の視線はまず、画面右半分に描かれた人の動きと牛車のむきに沿って左下方に向かう。視線は画面左下に描かれた人物にぶつかって折り返し、最終的に右手上部の大きく開いた空間へと解き放たれる。

驚くべきは、屏風に描かれているのはすべて、かつて宗達が光広とともに禁裏で模写した「西行法師行状絵詞」のほか、「保元物語絵巻」や「北野天神縁起絵巻」といった多くの古典から抜き描きされた既存の図案（絵柄）だということだ。過去の作品から採用された人物、土坡、家、海、舟、橋、樹木などが、宗達の筆で屏風絵の裡《うち》に組み合わされ、調和のもとに新たな生命を吹き込まれている。鑑賞者が目にしているのは、古い図案が新しい絵に生まれ変わった〝再生の瞬間〟だ。それは通常〝奇跡〟の名で呼ばれている。

覚定とともに我を忘れて屏風絵に見入っていた光広は、ふと、あることに気づいて首をかしげた。

屏風絵の題材として「関屋」「澪標」の巻が選ばれた理由はわかる。

――女《しと》を入れず、人《しと》を入れてほしい。

覚定の〝無茶な注文〟に応じるために宗達が選んだのは「光源氏と女たちのすれ違いの場面」だ。

光源氏と空蝉がすれ違う「関屋」。

光源氏と明石の君がすれ違う「住吉詣」（「澪標」）。

だから屏風絵には「女人」の姿は見えない。描かれているのは、あくまで風景と人物（女なし）、牛車に舟、家や鳥居、橋といったものだ。一方で、画面に多くの「人」を描き入れることで「関屋澪標図屏風」は全体として、先の「蔦の細道図屏風」とはまた違った〝やさしい〟雰囲気をたたえた仕上がりになっている。

まさに注文どおり。

屏風絵は、京で一、否、いまや天下一の絵屋「俵屋」の主・宗達の名にし負う出来栄えといえよう――。

だが、しかし、である。

光広はあらためて『源氏物語』の該当箇所を頭のなかに思い浮かべた。

（源氏の君は）その秋、住吉に詣《まう》でたまふ。……松原の深緑なるに、花紅葉《もみぢ》をこきちらしたると見ゆる袍衣《うへのきぬ》の濃き薄き、数知らず（「澪標」）

九月晦日《ながつきつごもり》なれば、紅葉の色いろこきまぜ、霜枯れの草むらむらをかしう（趣深く）見えわたる（「関屋」）

宗達が原典に忠実に描いたのであれば、この屏風絵はいささか妙なことになる。季節がちがうのだ。

「関屋」を描いた片隻、上半分を占める山は緑に塗られ、「澪標」を描いたもう片隻も、松の緑はともかく、「秋」「紅葉」といった色合いに著しく乏しい。

絵は、明らかに源氏物語の記述を踏まえて描かれている。それぞれの挿話の背景となった季節を、宗達が知らないはずはない。

（はて？）

と首をひねった光広は、屏風をななめに眺めて、「やっ」と小さく声を上げた。

「なるほどなぁ……そういうことどすか……いや、えらいこと考えたもんや。へぇ、こりゃまた……」

光広はしばらく屏風絵を矯《た》めつ眇《すが》めつ眺め、わけのわからぬことを呟いていたが、やがて「あはは」と声に出し、腹を抱えて笑い出した。

宗達は――。

素知らぬ顔。すましたものだ。

「どないなさりました？　なんですの？」

目を丸くして訝しげに尋ねる覚定に、光広は笑い過ぎて目の端に浮かんだ涙を拭いながら、屏風絵に仕掛けられた謎を解説した。

屏風は、床に垂直に稲妻形に立て置く調度品だ。

このため屏風に描いた絵は見る角度によって絵柄が変化する。屏風絵を描く絵師はこの折り畳みを計算することで、絵に奥行きをもたせ、あるいは立体感を出す工夫を凝らす。扇絵の場合もそうだが、この辺り、平面絵画との決定的な違いである。

ところで屏風絵には、鎌倉時代に紙製の屏風専用の蝶番《ちょうつがい》が案出されて以来、もう一つ、とっておきの裏技が存在した。

折り目を逆にする「裏屏風」だ。

屏風は通常左右の端から、谷折り、山折り、谷折り、の順に折って床に立て置く。目の前にある屏風は通常の折り順だ。

——ところがこれを、折り目を逆にして裏屏風に立て替えますると……。

光広はそう言いながら宗達に目をむけた。

口元に微笑を浮かべた宗達は軽く頷き、部屋の隅に控えた店の者たちに指示をだした。

折り目を逆にして、屏風が立て替えられる。

——こっちの側から見ておくれやす。

光広が覚定を部屋の隅に引っ張っていく。

——ご覧のとおり。まあ、こういうことどす。

光広が笑いながら示した屏風絵に目をやって、覚定は首をかしげた。

たしかに、今までとはまるで別の絵のように見える。だが、これがなんだというのか？

光広が声色《こわいろ》を変え、芝居がかった口調で言った。

——おはすべき所は、あはれに凄《すご》げなる山中《やまなか》なり。垣《かき》の様《さま》より、珍《めづ》らかに見たまふ。茅屋《かやや》ども、葦《あし》ふける廊《らう》めく屋（建物）など、をかしう（趣深く）設《しつら》ひなしたり。

覚定は眉を寄せた。光広が口にしたのは源氏物語「須磨《すま》」の巻の一節だ。今回の屏風絵とは何の関係もない。

それから、と、ふたたび光広は声色を変え、

——浜のさま、人繁《しげ》う見ゆる（大勢いる）のみなむ、御願ひに背《そむ》きける。木立、立石、前栽などのありさま、えもいはぬ入江の水など、絵に描かば、心の至り少なからむ（修行の足りない）絵師は描き及ぶまじと見ゆ。

今度は「明石《あかし》」の一節。

首を傾げて屏風絵を眺めた覚定は「あっ」と声をあげた。

言われてみれば、たしかに「須磨・明石」の情景に見える。だが、同じ絵が見方を変えることで別の場面を描いた絵に見える？　まさか、そんなことが——。

「騙《だま》し絵、いうやつどすな」

光広がのんびりした口調で口を開いた。

「折り目を変えて、ちがう方向から見ることで、絵に隠れる部分がおす。それで別の絵に見えるんどすな。子供だましいうたら子供だましみたいなもんどすけど、折り方でがらり印象が変わる絵を描くなぞ、たしかに〝心の至り少なからむ絵師は描き及ぶまじと見ゆ〟どすなぁ」

そう言って、扇のかげに隠した口元でくすくすと笑っている。

口には出さなかったが、光広は宗達の胸のうちが何となくわかる気がした。

『源氏物語』絵合《えあわせ》の巻。帝《みかど》の御前で行われた絵合の宴で、光源氏が自ら描いた明石・須磨の絵巻を出すことで勝敗が決する場面がある。

――(源氏の君にとっては)絵は筆のついでのすさび(慰《なぐさ》みごと)、徒事《あだごと》(余技)とこそ思ひたまひしか……いにしへの墨《すみ》がきの上手どもが跡をくらます(逃げ出す)ほどの腕前どす。

先の「明石」の一節、「心の至り少なからむ絵師は描き及ぶまじ」とともに、読みようによっては絵かきをばかにした話だ。天下一の絵屋「俵屋」の主《あるじ》、絵を描くことだけに生涯を捧げてきた宗達にとっては、源氏絵を描きながらも、いささか納得のいかぬ場面だったのではないか?

——光源氏の描いた絵など何ほどぞ。勝負や。

裏屏風に現れた絵を眺めていると、宗達のそんな声が聞こえてくる気がする……。

光広は、すました顔で座る宗達にもう一度目をやり、首をひねった。

(いや、ちがうか?)

宗達は、光源氏が描く絵などはなから相手にしていない。何だかそんな感じだ。

きっかけはむしろ、

——太閤はんがおやまに桜ばっかり植えおしたさかい、秋はあんまり見どころがおへんのどす。

といった覚定の一言だったのかもしれない。

せっかくの秋の情景(「関屋・澪標」)を描く機会だというのに、屏風を置く醍醐寺のおやまには紅葉の美しさが期待できない。ならば、思い切って別の趣向を試してみよう。そんなふうに考えたのかもしれない……。

ぬえと呼ばれる烏丸光広にしてなお、宗達には計り知れない謎の部分があった。

(この男、ぼんやりしとるように見えて、なかなか)

光広は、啞然としている覚定に向きなおり、手にした扇の先で宗達を指してささやいた。

——ふつうの者《もん》は、どうしたってこんな絵はよう描かれしまへん。ほんま、ときどき鬼神めいて、誰の手も届かんとこに行ってしまうのはどういうことどっしゃろな。

宗達は二人のやり取りなど知らぬげな様子で立ち上がり、覚定に頭を下げて、「注文の品」の説明をした。

――左右二枚の屏風絵は、重ねてもろたらわかりますけど、ほとんど同じ構図になっといやす。海と山。気分に応じて、どっちゃでもお好きな方を使《つこ》て下さい。

――気分に応じて、どっちゃでも？

――どういうことどす？

光広と覚定はほとんど同時に声を上げた。

「屏風は日用品どす」

宗達はすました顔で言った。

「六曲一双なんぞというと、なんやえらいたいそうなもんに聞こえますし、場所もとりますよって（六曲一双の屏風を立てるには六メートルほどの置き幅が必要）、今回の屏風には両隻《りょうせき》に名前を書いて、印を捺しときました。ま、形だけどすけどな。並べて使わなあかんいうきまりはおへん。遠慮のう、片っぽずつ自由に使てもろたらよろしおす。風ふせぎ。雷よけ。なんにしても、扇と同《おんな》じで使てもらわんと話になりまへん」

恐ろしいほど見事な屏風絵の作者の口上とは思えぬ、気楽な物言いだ。

覚定と光広は混乱して、無言で顔を見合わせるばかりであった。

三宝院門跡覚定の日記が醍醐寺に残されている。『寛永日々記《かんえいにちにちき》』と呼ばれるこの記録の〝寛永八年九月十三日〟の項に、次のような記載がみられる。

源氏《げんじ》御屏風壱双《おんびようぶいつそう》　宗達筆　判金一枚也　今日《きよう》出来《でき》、結構成事也《けつこうなることかな》。

覚定の満足した顔が目に浮かぶ一文である。

二十二　天《あま》駆ける

白い紙に筆に含ませた墨を一滴《いってき》、ぽたりと垂らす。

真っ白な空間（無）に一点の黒（有）が生じる。

墨はまるで生き物のように一瞬ためらい、それからゆっくりと白い紙のうえに広がりはじめる。墨がにじむ速度、範囲、色合いは、垂らした墨の種類や濃さによってさまざまだ――。

にじみ具合が一段落するのを見届けてから、宗達は、ふう、と大きく息をついた。夢中で見つめすぎて、うっかり息をするのを忘れていた。

宗達は今度は薄い墨をたっぷりと含ませた別の筆をとりあげ、紙の上にさっと走らせた。薄墨でつくった面が乾かないうちに、濃度の異なる墨でその上から線を引く。薄い墨の面の上に、濃い墨のあわあわとしたにじみが広がる。

宗達はまた息を詰めて、にじみ具合を見つめる。目が輝き、口元には喜悦の笑みが浮かんでいる……。

宗達はこのところ水墨画が面白くて仕方がない。

白い紙に墨の黒の微妙な濃淡を用いて山水《さんすい》（風景）や花鳥、人物を描く水墨画は、中国唐代に成立、日本へは鎌倉中期に禅宗とセットでもたらされた比較的新しい絵画技法だ。

別名墨絵《すみえ》とも。

黒白《こくびやく》のみを用いて画面を構成する水墨画は、その限定性ゆえに、かえって絵画表現の自由を得た――というと、なにやら禅問答《ぜんもんどう》めくが、事実は事実として仕方がない。

水墨画が得意とするのは〝東洋的な自在〟の表現だ。気韻生動《きいんせいどう》。事物を離れ、なにものにも囚われない自由な精神の在り方をよしとする東洋的理想と言い換えることもできる。たとえば、
紙の上に垂らされた一滴の墨がどうにじむのか？

最新の複雑系《カオス》理論で明らかにされたように、完全に予測することは何人にも不可能だ。さらに、紙に一度薄く墨をひき、乾かないうちに濃い墨を重ねた場合のにじみともなれば条件は幾何級数的《きかきゆうすうてき》に複雑になる。最新のスーパーコンピューターをもってしても正確な予想は困難だろう。

鑑賞者が水墨画を眺めるさい、そこに見ているのは画家の技術で制御された偶然、と同時に予測不能な偶然を受け入れた画家の精神の有り様だともいえる。これは水墨

画にかぎった話ではなく、たとえば釉薬《ゆうやく》をかけた焼き物が窯《かま》の中で炎から受ける作用を完全にコントロールすることは、どんな熟練の陶芸家にも不可能だ。炎の作用は窯から取り出す瞬間までわからない。優れた焼き物が偶然の産物といわれるゆえんである。

もっとも、若い頃からもっぱら扇絵を描いてきた宗達にとってはにじみやむらむらはむしろ馴染みの現象だった。

扇面に用いられる材質はさまざまだ。板。絹布。雲母《きら》摺りした料紙。絵を描くのに適しているとは言いがたい素材も多く使われる。絵具になじまない扇面に版木押しで模様を摺り出し、あるいは苦労して筆で絵を描いた場合にも、同じようなにじみやむらむらの効果が現れる。

かつて、本阿弥光悦とのコラボレーションとなった「嵯峨本」企画のときもそうだ。〝料紙と下絵と文字が渾然一体となった書物〟を目指した嵯峨本は、しかし実際には、主役はあくまで本阿弥光悦の卓抜した文字であり、宗仁（宗二）の料紙工夫も宗達（伊年）の下絵も、光悦の文字を引き立てることに力点が置かれた。必然的に料紙には墨書きにもっとも相応しいものがえらばれた。

墨（染料）は、絵具（顔料）に比べて、きわめて着色に優れた特性をもっている。墨書用の料紙に絵具で版木摺りした結果、逆に、面白いにじみやむらむらの効果が生まれたことも少なかった。

が、それらはあくまで偶然。「結果として面白い絵になった」というだけだ。

宗達はこれまでにじみやむらむらを意図的に使おうとは考えてこなかった。商品として売れない失敗作になるリスクが高すぎる。いくら面白くても商売にならないのでは話にならない。

ここにきて「俵屋」の名前が上がり、商品単価が上がったことで冒険する余裕ができた。

また、富裕な町衆が中心だったこれまでの客層にくわえ、公卿や禁裏が〝お客〟に加わったことで、注文の内容が変化した。なかには、

——金銀泥をふんだんに用いた豪奢な濃絵《だみえ》の色紙や短冊も良いが、墨で描いた掛物や屏風も見てみたい。

という声もきかれるようになった。

お客からの注文。

となれば話は別である。

宗達の頭の中には、これまで模写してきた数え切れないほどの墨絵が詰まっている。唐渡りの優れた墨絵のなかにはにじみやむらむらを意図的に用いて描かれた作品があった。せっかくの機会なのであれこれ試してみよう、と思ったのが、いわば運の

尽きであった。

紙と墨。

たったそれだけのことなのに、次々に試してみたいことが出て来て、困る。

先代から「俵屋」を引き継いで以来、ことにこの数年は、店の主人としてやらなければならないことも多く、作業場にこもって絵を描くことが少なくなっていたのだが、また寝食《しんしょく》を忘れて墨絵の工夫に没頭する時間が増えた。

かつて、俵屋のぼんさん、もうちょっとしっかりしてもらわな、と言われつづけた宗達も、いまでは五十代後半。鬢《びん》に白いものが混じり、目尻のしわも増えた。その宗達が、

なるほどなぁ。

へえ、そうくるんかい。

おやおや、これはアカンか。

などと独り言を呟きながら、墨のにじみ具合に一喜一憂、子供のようにはしゃいでいるのだ。妻子はじめ「俵屋」の店の者たちはみな、作業場を覗いて顔を見合わせるばかりである。

水を得た魚のごとく、宗達は自在に泳ぎはじめる。

この時期、かれは数多くの水墨画を描いている。白鷺《しらさぎ》。鴛鴦《おし》。兎。牡丹《ぼたん》。芥子《けし》。蓮《はす》。枝豆。槙《まき》。檜《ひのき》。鹿。狗子《こいぬ》。芦鴨《あしがも》。山水。はたまた雲龍図《うんりゅうず》に神仙図《しんせんず》。

まさに手当たり次第。

これまで試してこなかった画題《テーマ》にも、宗達は果敢《かかん》に挑戦している。否。果敢、挑戦、といった表現はどうも相応しくない。

宗達の水墨画にはむしろ、東洋的な軽みとでも言うべき洒脱さ、肩の力が抜けた面白みのある作品が多い。融通無碍《ゆうずうむげ》。何物にもとらわれず、新境地に遊んでいるような感じだ。

たとえば、烏丸光広画賛《がさん》とのコラボレーションとなった「牛図《うしず》」

左右各縦九十五センチ、横四十五センチほどの二幅対《にふくつい》の掛物だ。下三分の一辺りに、それぞれ牛が一頭ずつ、向き合うように描かれている。

宗達は最初にごく薄い墨を用いて、およその牛の姿を面で描く。薄墨が乾かないうちに濃い墨をのせることでわざとにじみを生じさせ、その効果を利用して重量感のある牛の肉体、さらには粗《あら》い毛の手触り、質感までを見事に表現している。

牛の後ろ足の付け根や背中のところどころで用いられているのは〝彫り塗り〟の技

法だ。宗達は輪郭線を白く塗り残すことで、芒洋としがちな〝にじみ絵〟の画面にきりりとした輪郭を与えている。これはまた、かつて宗達が養源院の杉戸に白象を描いたときに用いたやり方でもある（ちなみに牛の形は「北野天神縁起絵巻」からほぼそのまま抜き描きしたものだ）。

右幅の座った牛の上に光広の画賛。〝かな文字〟を見事な散らし書きに、

身のほどに　思へ世の中　憂《う》しとても
つながぬ牛《うし》の　安《やす》き姿に

一方、左幅の立ち上がった牛図には真名《まな》（漢字）で、

僉曰是仁獣《みないうこれじんじゅう》　印沙一角牛《いんさのいっかくぎゅう》
縦横心自足《じゅうおうこころじそくし》　芻蕘復何求《すうしゆくまたなにをかもとめん》

と画賛を添えている。意訳すれば、

「これが世間でいう仁獣、インドの一角牛であるか。なるほど（仁獣は）自由な心をもって自足し、粗末な食べ物（芻蕘）があればそれ以上は何も求めないというなあ」

左幅の牛図は真横を向いているために、二本あるべき牛の角が重なって一本に見える。

牛が一角獣。

烏丸光広はむろん、大まじめにからかっているのだ。

尤も、それを言えば、仁獣とは一般的には麒麟《きりん》の異名であり、インドの一角牛とは別物である。先の「関屋図屏風」で「絶えぬ清水」を「関の清水」と間違ったまま平気で引き書きしたのもそうだが、光広にはどうも、典拠《てんきょ》をいちいち確認せず、うろ覚えのまま書く（悪）癖がある。ディレッタントといわれる者にありがちな傾向だ。

それにしても、一本角の牛を平気で描く宗達といい、一角牛を仁獣と呼ぶ光広といい、二人ともまるで子供が戯《たわむ》れているような自由奔放《ほんぽう》さだ。本阿弥光悦相手の時とは別の形のセッション、というべきか。

掛物の左幅にくるくると丸っこく書かれた光広の花押《サイン》は、あたかも蝶々が牛の鼻先に舞っているように見える。そう思ってもう一度右幅に目を戻せば、蝶々（光広の花押）は画面右端から画面の外へと、いままさに飛び去っていくかのようだ。

　身のほどに　思へ世の中　憂しとても……

おそらく、この世の外へ飛び去る蝶々こそが光広にとっての自由（縦横）の感覚だったのだろう。光広は光広なりの鬱屈《うつくつ》を抱えている。

だとすれば、宗達の縦横（自由）は、光広のそれとはまた別のものだ。

たとえば、この頃、烏丸光広と縁の深い越前松平家《えちぜんまつだいら》からの依頼で宗達が描いた一枚。

「槙檜図屏風《まきひのき》」

六曲一隻。

縦九十六センチ、立て置きすれば二メートルに満たない小屏風だ。背景は一見べた塗りの金屏風に見えるが、近づいて眺めれば、屏風一面にびっしりと大きさの異なる数種類の金の切り箔（野毛《のげ》、砂子《すなご》）が敷き詰められ、その上に槙と檜が黒と藍《あい》色、濃淡の墨を用いて描かれているのがわかる。薄墨の下から切り箔の不規則な輝きが透けて見えるさまは、あたかも木々の間にきらきらと木漏れ陽が輝いているかのようだ。

屏風中央に寄せて描かれた槙檜の左右には広い空間。

屏風上部には銀の野毛と銀泥を用いたかすみがたなびいている。

用いられている単彩の手法は明らかに水墨画の技術だ。会得した水墨画の技術を、金銀濃絵にそのまますらりと応用してしまう宗達の縦横（自由）、自在さは、感心するのを通り越して、もはや呆れるしかない。

同じ頃に宗達が描いた彩色画にはいずれも、どこか墨絵を見ているような不思議な面白さが感じられる。

宗達自身。

墨絵を描くことが面白くて仕方がない。

「破墨《はぼく》」「溌墨《はつぼく》」「没骨《もっこつ》」「たらし込み」……

後世さまざまな名称で呼ばれる技術を、宗達は無意識のうちに試みている。師についたわけでも、だれに教わったわけでもない――。

墨に五彩《ごさい》あり。

と言われるが、宗達の目には五彩どころの話ではなかった。見えているのは無限の可能性だ。どれだけやっても、その先にまだやってみたいことが次々とあらわれ出てくる――。

尤も、宗達には宗達なりの困惑があった。

「法橋」の肩書にどうもなじめないのだ。いつまで経っても、まるで他人事《ひとごと》のような気がする。

店の者たちに言わせれば、それこそが問題だという。

「法橋」の地位を得て以来、「俵屋」には「法橋宗達と署名を入れてほしい」という注文が後をたたない。かれらが欲しているのは「絵そのもの」ではなく「法橋（宗達）がこの絵を描いた」という証明だ。

「俵屋」の主人・宗達にとっては、どんな理由にせよ注文があるのはありがたい話だ。高値で買ってくれるのであれば、お客の側の理由などどうでも良いとも言える。

が、絵を描き終えたばかりのテンションの高い状態では、よほど気をつけないと「宗達」と書きはじめてしまい、あっ、と思って、下に「法橋」と入れることになる。

絵を納めたあとで、客から苦情が持ち込まれたことも何度かあった。

「宗達法橋」では別の者が描いたように見える。署名を入れ直してくれ、という。

――いっぺん書いたものを書き直すいうわけにはいきまへん。そんなことしたら、画面が汚れてしまいますよって。

そう応えると、だったら絵を描き直すか、さもなければ値引きしてくれ、という話になる。

店にとっては、えらい迷惑だ。

納めた絵を引き取り、別の品と交換した例も少なくない。

戻ってきた絵を見て、宗達は首をかしげる。

「宗達法橋」

「法橋宗達」

どっちゃでもエエやろ、という気がする。

画数の関係もあって「法橋宗達」では頭が重く、ぐ、ら、ぐ、ら、して気持ちが悪い。

「宗達法橋」の方が、字面《じづら》としてはむしろ安定するくらいだ。絵は新しく渡したものより、戻ってきたものの方が出来が良い——。

お客はいったい何を見ているのか？

宗達にはわけがわからない。

「俵屋」ではこの頃、四曲一双、あるいは二曲一双の変型屏風を見世にならべて売りはじめた。

〝大中小、注文次第でどんな大きさの屏風も作ります。サイズに応じて絵柄も描き分けます〟

それ以前は考えられない、思い切った商売だ。

鎌倉時代に書かれた有職故実書『門室《もんしつ》有職抄』には「屏風ハ……普通六枚也」という記述が見られる。

屏風は六曲一双。

それが、当時の世間一般の常識だった。

屏風は単なる日用品、あるいは美術品と見なされてはいなかった。

織田信長が上杉謙信に贈った狩野永徳筆「洛中洛外図《らくちゅうらくがいず》屏風」が有名だが、戦国時代には、武将間で屏風を贈ることは儀礼的贈答以上の、ある特別な意味をもっている。

屏風は必ず、戦《いくさ》に勝った側から敗者の側へと贈られた。

贈る側（権力者）から贈られた側（服従者）へ、「以後は（世界を）このように見よ」という世界観の提示──「この屏風絵に描かれた見方以外は許さない」という示威行為だ。

大坂城大広間で秀吉の背後を飾った「唐獅子図屏風《からじしずびょうぶ》」（狩野永徳筆）を考えれば、屏風がもつ特殊性はいっそう明らかだ。

永徳の「唐獅子図屏風」には、通常より丈の高い、ひとまわり大きな屏風が用いられた。

拝謁する者たちは、威風堂々《いふうどうどう》たる唐獅子二匹を背後に従えた秀吉を仰ぎ見ることになる。屏風絵は、拝謁者の意識下に秀吉の権威を刷り込むための視覚装置として使われていたのだ。

戦国の世が治まったあと、屏風の象徴的意味合いは形骸化したことで、かえって強く世の中に残った。

もともとは室内の空間を間仕切り、生活の場を装飾する調度品として生まれた屏風は、時代のなかで「（形式張った）六曲一双の形態が当然」と見なされるようになり、その認識は武家や公卿社会のみならず、町衆のあいだにも定着していた。

世間の常識を打ち破るかたちで売り出されたのが、変型の「俵屋屏風」だ。

宗達はいう。

宮中や広い公家屋敷、社寺の大広間で用いるならともかく、町衆の家屋では四曲一双、あるいは二曲一双の屏風で充分ではないか。それも大屏風ではなく、丈の低い中屏風や小屏風の方が使い勝手が良いはずだ。今後は六曲一双の大屏風は御用絵師の狩野派にまかせて、「俵屋」では四曲一双、また二曲一双の中小の屏風を「俵屋屏風」として売り出すことにしたい――。

思いついた直接のきっかけは、醍醐寺座主・三宝院覚定から依頼された「関屋澪標図屏風」の制作だ。が、それがなくても扇絵で培《つちか》ってきた意匠は二曲一双の屏風絵の方が適している。

さまざまな試行錯誤の過程で、宗達が「変型屏風」にたどり着いたのはごく自然な成り行きだった。

変型の「俵屋屏風」は京のまちで大変な評判を呼び、かつ大いに売れた。世の需要にちょうどぴったりはまったのだろう。他の絵屋もすぐに同様の変型屏風を扱うようになり、いつしか「俵屋屏風」の呼称は埋没したが、中小また片隻の屏風絵製作には「俵屋」に一日の長がある。

「俵屋」の商売はその後も繁盛をつづけ、翌年には見世の数をさらに増やすことになった。

そんな折りも折り——。

京きっての豪商・角倉家から、使いの者が俵屋を訪れる。

宗達にとって古い友人、幼なじみの一人である角倉素庵《そあん》の死を伝えるためであった。

俵屋の奥座敷で知らせを聞いた宗達は、ふかく瞑目《めいもく》した。

閉じた瞼の裏に、若いころの素庵（与一）の姿が浮かんでいる。わずかに下ぶくれ気味の丸顔。目も鼻もちまちまとした、どこか雅《みやび》な雰囲気をたたえた若者の姿だ。いつも笑みを浮かべたような穏やかな表情の素庵に、二度と会うことはかなわない……。

素庵が亡くなったのは六月二十二日夕刻。

小さくなった炎をそっとふき消すような最期であったという。

宗達より三歳上の六十二歳。

同じ歳で矍鑠《かくしゃく》としている者はいくらでもいる。が、宗達を含めた周囲の者たちはこの日が来るのを数年前から覚悟していたところがあった……。

幼少より秀才とうたわれ、学者（医者）としての資質をみこまれていた角倉素庵は、しかし十五歳で学者の道をすて、商人の道をえらんだ。父・了以《りょうい》のもとで商売のやり方を学びながら、彼はひそかに「角倉家代々の二つの家業（学問と商売）を両立させる何かを成し遂げたい」という大望をいだいていたらしい。

素庵がたどり着いたのが出版事業だった。

――出版事業こそが、角倉家代々の二つの家業を統合するものだ。

そう結論した素庵は、そのころ秀吉の朝鮮出兵で捕虜として日本に連れてこられていた多くの技術者を雇用し（実際には〝買い取り〟）、かれらとともに嵯峨野《さがの》に印刷場を開いた。

素庵自身、その時点では、まさか己が「日本美術史上の奇跡」と称される美術品を生み出すことになるとは思ってもいなかったはずだ。

素庵が始めた出版事業に本阿弥光悦が参加したことで〝奇跡〟は起きた。

「嵯峨本《さがぼん》」

と呼ばれる贅《ぜい》を尽くした美しい書籍の誕生である。

「嵯峨本」とは通常、紙師宗仁の料紙工夫、そこに俵屋宗達が下絵を描き、本阿弥光悦の文字を（印刷もしくは直筆で）配した製本書籍の一群を指す。

豪華絢爛。世界でも類を見ない卓抜したその美的センスは、

〝これ以上の美しさを備えた製本書籍はかつて存在せず、今後も存在しないであろう〟

と、いまなお称えられる品だ。

「嵯峨本」は、当時力をもちはじめていた富裕な京の町衆のあいだで爆発的な人気を博し、素庵と角倉一族に富と名声をもたらした。

慶長十九年に父・了以が志半ばで倒れると、素庵は父の悲願であった京坂間の運河開通事業を引き継ぎ、京の中央部を南北に流れる疏水《そすい》を完全開通させる。

高瀬川《たかせがわ》
別名角倉川《すみのくらがわ》
と呼ばれる人工運河は、全長約十キロ。二条から鴨(賀茂)川の水をひき、伏見三栖《みす》を経て淀川に至る。大正の時代まで京坂間の運送路としてさかんに利用された。

素庵は江戸幕府から「淀川転運使(過書奉行《かしょぶぎょう》)」の地位を与えられ、運河使用料の独占的取り立てを許された。

高瀬川がもたらす運河使用料は、角倉一族にかつてない繁栄をもたらした。このの ち角倉家の者たちは高瀬船の終起点、荷物の積卸場《つみおろしば》である「一之船入《いちのふないり》」(二条下ル高瀬川出発点)に一族郎党《ろうとう》で移り住み、文字どおり〝京で一番〟の豪商として富み栄えることになる。

素庵は——。

高瀬川事業が軌道に乗るのを見届けた後、「一之船入」の角倉本宅とすべての事業を二人の息子（玄紀《はるのり》・厳昭《かねあき》）に譲って嵯峨野に隠居する。

この頃から、かれは体調を崩しがちだった。

嵯峨野の地は、かつて素庵が〝角倉一族代々の二つの家業を両立させるべく〟印刷場をひらき、出版事業をはじめた土地でもある。

若き日に素庵が夢を抱いた出版事業は、だが、その後大幅に縮小された。

いくつか事情が重なった。

一つは本阿弥光悦が（紙師宗仁を含む）多くの職人たちを連れて僻地・鷹峯に移り住み、素庵の出版事業に直接関与するのが難しくなったこと。

また「かな文字」における〝美しさ〟と〝活字印刷によって生じるゆがみやひずみ〟の問題は、最後までどうしても解決できなかった。

印刷用インクの開発も頓挫《とんざ》したままだった。墨という極めて優れた着色素材に馴れ親しんできた日本人にとっては、印刷用インクの開発はさほど熱心になれない課題だったのだろう。

さらには海賊版の問題が発生していた。嵯峨本が人気を博すと、市場には廉価《れんか》な海賊版が多く出回るようになった。版権・著作権などといったものはことばも概念も存在しない時代だ。

日本の職人の模倣技術は昔から世界に冠たるものがある。かれらが活字印刷された嵯峨本の各ページを一枚の版木に写し取り、反転させて摺り出せば、たちまち海賊版「嵯峨本」の出来上がりである。

むろん品《しな》は下がる。見る者が見れば、ちがいは明らかだ。が、活字印刷の初期投資を必要としないぶん、海賊版は極めて廉価に仕上がった。

そのうち嵯峨本風の新作が出回り始めると、本物の嵯峨本の需要は急速に廃《すた》れた。ほとんどの者は〝当代きっての能筆家〟本阿弥光悦が書いた活字版下文字の凄みを理解できず、また必要ともしていなかった。どんな素晴らしい演奏もパソコンの音源で聞いて済ませてしまう今日の音楽状況と同じようなものだ。日本では結局、明治まで一枚刷りの版木印刷が主流となる。

――活字印刷という新技術を用いて美しい良書を広く世に届けたい。

という素庵の理想は、いつのまにかどこかに押しやられた感じだ。

素庵は、朝鮮半島から連れてこられた技術者たちから個別に話をきき、帰国をのぞむ者はその手助けをし、日本への帰化をのぞむ者はひきつづき印刷場に雇用しつつ、自らの手で出版事業を縮小していった。

高瀬川利用については、一之船入に住む長男・玄紀に一任。

次男・厳昭に任せた南海貿易（角倉船）は、素庵以上に取引相手国の事情に詳しい者がおらず、相談役として関与をつづけていた（素庵自身は海を渡ったことはないにもかかわらず、諸外国のことをあたかも己のたなごころを指すように、何を訊かれても即座に答えることができた）。

素庵が隠居したあと、宗達は何度か見舞いがてら嵯峨野に旧友を訪ねた。体調が思わしくないということで、顔色が悪く、痩せてはいたが、宗達が訪ねていくと素庵はいつも穏やかな笑顔で迎えてくれた。

いつ訪ねても、嵯峨野の角倉別邸には誰かしら客人がいた。

隠居後も、素庵はただ無為に時を過ごしていたわけではなかった。

その頃、宗達が会ったのは、たとえば林羅山《はやしらざん》ら当代一流の日本の学者や文化人たち、あるいは南蛮のカピタン、紅毛碧眼《こうもうへきがん》の伴天連《バテレン》僧、黒い肌の従者、シャムの商人、琉球《りゅうきゅう》の楽人《がくにん》といった、じつに文化的かつ国際色豊かな顔ぶれだ。嵯峨野の角倉別邸は、国籍を問わず、さまざまなタイプの文化人が素庵を中心に集まる〝国際サロン〟の様相を呈していた。

見舞いがてら行った角倉別邸で、宗達は絵の注文を受けたこともある。

注文主は王鞬南《おうけんなん》。明《みん》から渡来し、日本に帰化した人物で、詩文や書に秀で、医術にも通じるという万能の知識人だ。

宗達が墨で描いた「神農図《しんのうず》」に、王鞬南自ら筆をとって賛を添えた。

傳曰仁其哉帝之為君也神化……

烏丸光広とはまるで正反対の、実直そうな文字である。〝文字は人なり〟――。残された文字から窺われるのは鞣革《なめしがわ》のような生真面目な横顔だ。どうやら王鞑南は素庵に招かれ、大陸の最先端の医学知識にもとづく薬を処方していたらしい。

絵を通じて親しくなった渡来人に、宗達はあとでこっそりと素庵の病状を尋ねた。王鞑南は、無言で小さく首を横に振っただけであった。

嵯峨野で偶然、宗仁と一緒になったこともある。

そのときは珍しく他に客人の姿もなく、三人で子供のころの他愛もない話でもりあがった。宗仁が南蛮渡りの貴重な紙をかじってしまい、赤鬼のような素庵の父・了以に怒鳴りつけられた――そんな話を持ち出して、三人でげらげら笑った。子供のころのように、腹を抱え、涙を流して笑った……。

振り返れば、それが三人で会った最後になった。

寛永七年（一六三〇年）。

父・了以の十七回忌にさいして、素庵は嵐山大悲閣《だいひかく》に念願の記念碑を建てた。それで気持ちの糸が切れてしまったかのように、かれはその後床《とこ》から起き上がれない日が多くなる。宗達が嵯峨野を訪ねても会えない日がふえ、会えても話ができる状態でないこともあった。〝幼なじみ〟素庵の死を、宗達はいつしか覚悟するしかなかったのだ。

素庵の遺志で、葬儀は身内だけでささやかに行われた。

宗達が離れた場所から見送ったのは、父・了以とともに豪商・角倉家の繁栄を築き上げた人物とは思えないほどの、こぢんまりとした短い葬列であった——。

素庵の死の翌々年。

清水寺《きよみずでら》に一枚の絵馬が奉納された。

縦二メートル七十センチ、横三メートル六十センチ。

絵馬としては破格の大きさだ。

中央に大きく描かれているのは、海上をゆくまっ白な角倉船。「黒船」と呼ばれたスペイン・ポルトガル船とは対照的な外観だ。

全長二十間（約三十六メートル）、幅九間（約十六メートル）。乗員八十名、最大商客三百余名とも伝えられる巨大な和製木造船である。

甲板上には、色とりどりの服装をした、さまざまな国の人びとが集い、楽しげに宴を催す様が描かれている。酒を飲む者、楽器を奏でる者、踊り出した者の姿も見える。

絵馬は、前年に出航した船が無事に帰って来たお礼に記念として奉納されたものだった。

素庵が病床で気力を振り絞るように手配した最後の船だ。

……もしかすると、素庵は予感していたのかもしれない。

結局これが、波《は》濤《とう》を越えて海を渡る「角倉船」最後の航海となった。

二十三　鎖国令

青い海原《うなばら》に船が浮かんでいる。

船側を白く塗り、浮き彫りで雲形を描いた角倉船だ。

甲板上にはさまざまな服装をした、さまざまな国の者たちが大勢つどい、楽しげに酒宴を催している。小袖に袴、髷を結った日本の武士や商人たちばかりではない。高《こう》麗人《らいじん》に唐人、琉球の人たち。つば広の丸い帽子《シャッポ》をかぶり、ひだ襟のついた筒袖《つっそで》、カルサン袴《ばかま》の南蛮人。そのとなりでは、碧眼《へきがん》の紅毛人《こうもうじん》が、驚くほど顔立ちの整ったシャムの人と額を寄せてなにやら話しこんでいる……。

海上に、笛の音がひとこえ高く響きわたる。

酒宴をひらく者たちの輪の中心に、女がひとり歩み出た。

赤と金、片身替わりの派手な小袖に桜の文様《もんよう》を散らし描いた紺の袴。首から水晶のロザリオと大きな金の十字架をぶら下げた、絵に描いたようなかぶき者だ。

ひとびとの注目を一身にあつめた女が、おもむろに口を開いた。

南陽県《なんようけん》の菊の酒　飲めば命も生《い》く薬
七百歳を保ちても　齢《よわい》はもとの如《ごと》くなり

女にしては低い、重い絹織物の手触りを思わせるぬめりとした質感の声――。

おくにだ。

おくにの謡《うた》に合わせて、鉦《かね》や太鼓《たいこ》がにぎやかに、陽気な楽《がく》を奏ではじめる。

上《うえ》さに人のうち被《かず》く　練貫酒《ねりぬきざけ》のしわざかや
おくにが口を閉ざすと、酒宴の者たちがすかさず合いの手をいれる。

――あち（あっちへ）、よろり！

――こち（こっちへ）、よろよろよろ！

おくには観客を見まわし、口もとに一閃凄いような笑みを浮かべる。それから、指先にぶらさげた一本の扇をすらりと開く。

腰の立たぬは　あの人ゆゑよのう

きづかさやよせさ　にしざひもお（〝思ひ差しに、差せよや盃〟を逆から詠んだもの）

洒落《しゃれ》たさかさことばに扇を返すと、扇の表にたちまち風が吹き、むくむくと雲が湧き上がる。

——よおっ、出雲《いずも》の阿国《おくに》！

——テンカイチ！

周囲の者たちは大喜びで、さまざまな言語で歓声をあげる。

と、そこへ一陣の強い風が甲板の上を吹き抜けていった。

帆がいっぱいに風をはらみ、船が勢いよく海原をすべりはじめる……。

いや、そうではない。

船は前から動いていた。見ている自分が取り残されただけだ。

宗達一人をその場に残して、船が青い海の上を遠ざかる。

甲板上では、相変わらず賑やかな宴がつづいている。波濤を越え、水平線のかなたに向けて船は進んでゆく。笛の音が風のあいだに遠く聞こえる。

——待て、待ってくれ！　俺はここにいる。俺を、置いていかないでくれ！

と叫ぼうとして、目が覚めた。

中庭から虫の声が聞こえている。

真夜中を過ぎたころであろうか。

宗達は寝具のうえで上半身を起こし、ふうとひとつ息をついた。

夢だ。

そんなことはわかっている。

妙な夢を見た理由は、自分でもすぐに思い当たった。

昨夜、俵屋に来ていた客から聞いた噂話だ。

――江戸幕府のえらいお役人につてがある。

と、かねがね自慢している近所の酒家の主人は〝たしかな筋から聞いた情報〟として、

――幕府が海外にいる日本人の帰国を一切禁じるお触れを出した。

という話をしていた。

直接相手をしたわけではない。が、地声の大きな酒家の主人が店先で話す内容は、奥の帳場にいた宗達にもはっきりと聞こえた。

「ほなら何どす、いま海の外にいる者《もん》は、これから先は帰ろう思てても帰ってこられんようになるちゅうことどすか？　人だけやのうて、品物《しなもん》の行き来もあかんようになるんやと？」

喜助の後を継いで俵屋の番頭を務める五平《ごへい》がたずねる声が聞こえた。

「ま、大方《おおかた》そういうことや」

「そないなことになったら、うちの店はえらいなんぎどすなぁ……」

丸い顔に太い眉、達磨《だるま》さん似の五平が困惑したようにあいづちを打つ様が目に見えるようだ。

酒家の主人にとっては他人事《ひとごと》でも、「俵屋」にとってはそうはいかない。扇を中心に屏風や掛物、色紙に至るまで、「俵屋」の商品は、日本刀とならんで、この頃の日本の主要輸出品目だった。南蛮船や朱印船《しゅいんせん》を通じて輸出された日本の扇は、その後欧州の宮廷社会で大流行し、扇をもつ貴族の肖像画が頻繁にえがかれている。

海外貿易が禁止されれば、「俵屋」の売上が激減するのは避けられない。

「どやったかな？　禁止は人の行き来だけで、品物は大丈夫やったかもしれん」

酒家の主人は気楽に言う。

「ほんまでっか？」

「よう知らんけどな」

江戸幕府のえらいお役人につてがある、と自慢するわりには、どうも頼りない。

「人だけいうても、ぎょうさんそとに居てはるんちゃいますやろか……」

人の好《よ》い五平は心配そうな声で独りごちている。

奥の帳場で二人の会話を聞いていた宗達は、難しい顔で腕をくんだ。

この当時、海外にいた日本人は大きく三つのタイプにわけられる。

一つは貿易商人。

東南アジアを舞台に、イギリス、オランダ、スペイン、ポルトガル、あるいは中国、琉球、台湾など各国の海千山千の手ごわい商売人と対等に渡り合い、活発な商業活動を行っていた者たちだ。一獲千金をもくろむ日本の商人たちは、波濤をこえ、リスクを冒して、東南アジア各地に進出した。マニラ、プノンペン、アユタヤ、ルソンなどには大きな日本人町が形成され、それぞれ千人から三千人をこえる日本人が生活していたと推定されている。

二つめは、傭兵たちだ。

戦国の世が治まった後、腕に覚えがある者たちは活躍の場を海外に移した。シャム国王に気に入られ、アユタヤで軍隊長の官職や貴族の位を与えられた山田長政《やまだながまさ》が有名だが、長政のような常雇《じょうやと》いの者は少なく、紛争当事者とその場で賃金を取り決めて雇用される形態の方が一般的である。当時、日本の傭兵は〝武勇優れた者（命知らず）〟として評価が高く、東南アジア各地の有力者だけでなく、オランダ、ポルトガルなど西欧諸国にも大量に雇用され、現地での戦闘に利用されていた。

三番目は、〝キリシタン〟の者たち。

天正十五年（一五八七年）の「バテレン追放令」以後、日本ではたびたびキリスト教を禁止するお布令《ふれ》が出された。その都度、布教のために日本を訪れた宣教師だけではなく、キリスト教を信仰するようになった多くの者たちが海外への追放処分を受け、あるいは処刑された。慶長十九年には高山右近《たかやまうこん》、内藤如庵《ないとうじょあん》ら「キリシタン大名」と呼ばれる有力者が国外追放となっている。

当然ながら、三つの要素はそれぞれバラバラではなく、重なっている者が多い。ふだんは商売をしながら、紛争が起きると傭兵として活躍する者。商人でキリシタン、あるいはキリシタンで傭兵。なかには商人で傭兵、かつキリシタンの者もいたはずだ。

東南アジア各地に移住したかれらは、「日本町《にほんまち》」と呼ばれる独自のコミュニティーを形成していた。その数は数千とも数万ともいわれ、はっきりしない。そもそも「日本人」などという定義が存在しない時代だ。国民国家《ネーションステート》なる概念が現れたのはごく最近の話である。

「しかし考えてみりゃ、帰りとうても帰れんいうのは、よくよく気の毒なこっちゃ」

酒家の主人は最後にそう言って、ようやく重い腰を上げた気配であった。

「どうもおおきに。はばかりさんどした。またお顔を出しておくれやす」

番頭の五平が愛想を言ってお客を送り出すのを、宗達は奥の帳場であかりも灯さず、暗闇のなかでじっと聞いていた。

さっきから、頭のなかにある光景が浮かんでいる。

袂で顔を覆い、肩をふるわせるようにして笑う阿国《おくに》の姿だ。

あの日、「俵屋」におくにが訪ねてきた——二十年以上も前、宗達がまだ「伊年」と名乗っていた頃だ。

わざわざ自分から俵屋を訪ねてきたおくには、

——あんた、顔が変わらはったな。ええ顔になった。

と、なんだか謎めいたことを言い、後はさんざん笑って帰っていった。

あれがおくにに会った最後だ。その後一度、北野に舞台を観に行ったが、「会った」とは言いがたい。

噂では、海外追放処分を受けたキリシタン大名、高山右近一行に混じってマニラ行きの船に乗るおくにの姿を目撃した者があるという。

その後、帰ってきたという話は、聞かない。もちろん会ってもいない。

おそらく、まだ海外にいるのだろう。

酒家の主人の話が本当なら、おくにもまた、今後は一切、帰ってこられないということだ。

(どないするんやろ?)

床に就《つ》くまで、ずっとそんなことを考えていた。だから、あんな妙な夢を見た。

寝具から上半身だけ起こした状態で、宗達は軽く首を振った。

考えても仕方のないことだ。

ふと、夢で見た角倉船の甲板上の群衆のなかに、古い友人・素庵の顔があったことを思い出した。扇を返して踊るおくにの姿に、素庵は笑顔で手拍子をしていた——。

宗達はしばらく小首をかしげていたが、横になり、もう一度寝具にもぐりこんだ。かなうことなら、夢の続きを見たかった。


鎖国《さこく》。

二百年以上の長きにわたって維持された江戸幕府の基本的外交方針である。

非外交方針とでも呼ぶべきこの奇妙な政策を考える場合、ある前提条件を検証する必要があるように思われる。

——江戸幕府はなぜ〝江戸幕府〟であったのか?

奇を衒《てら》っているわけではない。

「幕府」とは、出征中の将軍の陣営を指す言葉で、本来は帷幄《いあく》(布製の幕)を張り巡らせた簡素なものにすぎない。かつて源頼朝《みなもとのよりとも》が自らの居館を「幕府」と呼称したことから、武家政権の首長およびその居館、さらには政権を指して用いられるようになった。

東国の有力者・北条《ほうじょう》氏の力を背景に政権を奪取した頼朝が鎌倉《かまくら》を本拠地としたのは自然な流れだ。が、江戸幕府の創始者・徳川家康は関東とはもともと縁もゆかりもない人物である。

家康が豊臣秀吉から江戸を与えられたのは、天正十八年。敵対する北条氏を滅ぼした小田原征伐《おだわらせいばつ》のさいであった、と伝えられている。

『落穂集《おちぼしゅう》』(二種類あり。通常『落穂集』と呼ばれるのは同じ著者による『落穂集追加』の方。いささか紛らわしい)によれば、秀吉は笠懸山《かさかけやま》山頂に家康をともない、小田原城を見おろしながら、

——昔より、馬鹿のつれ小便と申し候《そうろう》。

と家康を手招きして、隣に並んで一緒につれ小便するよう誘った。そして、そのつれ小便の最中、唐突に、

——是《これ》より二十里ばかりの場所に江戸という在所がある。なかなか良さそうな所らしい。今後貴方《あなた》は江戸に居城《きょじょう》を定めるのがよろしかろう。

と何でもないように関八州《かんはっしゅう》への転領を申し渡したという。

当時、武蔵国《むさしのくに》江戸は葦《あし》のおいしげる低湿地帯、ひとげもない寒村であった。そもそも、京・大坂の町の者たちはあずまびとを同じ人とは見ていない。

この一件、秀吉の親切心というよりは、やはり、家康というやっかいな政敵を先祖伝来の土地・三河《みかわ》から根こそぎ引き抜き、縁もゆかりもない吹きっさらしの土地に追いやる政略だったと見るべきだろう。

小田原城攻略時、秀吉は天下に並ぶ者なき権力者であった。その秀吉から、つれ小便中というある意味男性がもっとも無防備な状態で提案されたのでは、いかに老獪《ろうかい》な家康でも拒むすべはなかったはずだ。

家康は、臣下をつれて父祖伝来の地三河を離れ、江戸に移り住む。天才的策略で政敵を僻地に追いやった秀吉もさることながら、恐るべきはその後の家康の振るまいだ。

かれは黙々と江戸城建築にむけてうごきだす。

もしこのとき家康が転領を拒み、あるいは築城を怠るようなら、秀吉はただちに家康征伐に乗り出したはずだ。実際、家康が離れた後の三河を与えられた織田信雄《のぶかつ》（信長次男。かつて家康と連合して秀吉に対抗した）は、転領を渋り、それを口実に改易《とりつぶ》されている。

時は移り、「天下分け目の関が原」を経て、「大坂の陣」で豊臣勢力は一掃された。

家康に対抗しうる軍事勢力はもはや国内には存在せず、幕府の本拠地をどこにでも移すことが可能であった。

江戸に移ってわずか二十有余年。江戸の町はいまだ建築途中だ。京・大坂とは比べようもない未開の地であった。住み慣れた先祖伝来の三河に戻るもよし、京近辺に新たに築城することも、あるいは壮麗な大坂城を再建して移り住むことも、周囲の者たちから強く勧められたはずだ。

家康は、だが、江戸を築きつづける。

江戸城を巨大化、城塞化《じょうさい》するばかりではない。大規模な灌漑《かんがい》事業をおこなって町を整備し、人をあつめ、江戸を中心とする政治・経済の仕組みを着々ととととのえていった。

要《かなめ》となったのが、幕藩《ばくはん》体制だ。

家康は「関が原」での行賞をもとに大名を親藩《しんぱん》・譜代《ふだい》・外様《とざま》の三つに色分けし、江戸の周囲には親藩・譜代大名を集める一方、西国に外様大名をずらりと並べ置いた。幕府の権威によって江戸を中心に並べかえられた日本の地図(本州、四国、九州のみ。北海道と沖縄は幕府の管轄地ではなかった)は壮観でさえある。

ところが。

幕府の権威を示す当時の地図を少し目を離して眺めると、ある奇妙な事実が浮かび上がる。太平洋を背にした江戸は、まるで西から攻め込んでくる敵を恐れているかのような布陣に見える――。

もしかすると、家康は本当に恐れていい、い、いたのではないか？

良く知られているように、家康は臆病者であった。負け戦で逃走するさい、恐怖のあまり馬上で脱糞《だつぷん》したという話は有名だ。なにも勇猛果敢《ゆうもうかかん》な武将が天下を取るわけではない。天下を取るためには、個人的な勇猛さなどより、むしろ極度な警戒心、用心深さの方がよほど役に立つということだ。

家康が〝西から来る敵〟を極度に恐れていたと考えるのには、理由がある。

慶長五年、というから、ちょうど関が原の戦いが行われた年だが、一隻のオランダ船が太平洋横断中に遭難、豊後佐志生《ぶんごさしう》に漂着する。生存者はイギリス人航海長ウィリアム・アダムズ以下二十四名。彼等は家康のもとに連れてこられた。

その後、ウィリアム・アダムズは三浦按針《みうらあんじん》と日本名を名乗り、家康の外交顧問として重く用いられる。また、同船で漂着したオランダ人貿易家ヤン・ヨーステンは耶揚子《やようす》の名で、その後の朱印船貿易で活躍する（江戸・八重洲《やえす》の名称は、かれの居住地に由来）。

家康はかれらから欧州の情勢を詳しく聞いていた。

聞かなかったはずはない、家康の居室には、それ以前からすでに最新の精密な世界地図が貼られていたくらいだ。

家康は、たとえば一五八八年、ドーバー海峡で行われた戦闘でスペインの無敵艦隊《アルマダ》がイギリス海軍に敗れた顚末を詳しく知っていた。その結果、欧州におけるカトリックとプロテスタントの勢力バランスが変わったこともだ。

あるいは、欧州各地で行われている「宗教戦争」についても家康は詳細を得ていた。同じキリスト教徒同士による血で血を洗う戦争だ。国土の破壊や住民同士の略奪。宗教戦争は、宗教と政治権力が結びついたとき、人が人に対してどれほど残酷になれるのかの歴史的な実験場であった。宗派が異なることを理由に、文字どおり女子供の区別なく、隣人同士で殺し合いが行われた。憎悪から、ではない。悪魔の教えをただし、天国へと導こうとする〝心からの善意〟によってだ。「地獄への道は善意で舗装されている」とは有名な俚諺《りげん》だが、のちに振り返ったとき、かれらは自分たちがいったい何をしたのか信じられない思いで呆然となる。この経験を踏まえて、欧州は宗教的寛容さを目指すことになるのだが――。

当時はまさに宗教戦争の真《ま》っ只中《ただなか》だ。

〝プロテスタント〟であるオランダ人（ヤン・ヨーステン）・イギリス人（ウィリアム・アダムズ）は、敵対するカトリックの者たちが欧州でどんな悪魔の所業《しょぎょう》を為《な》しているのか、言葉を尽くし、口を極めて――おそらくは、いくらか誇張して――家康に話したにちがいない。

情報源が新教徒《プロテスタント》であったことで、家康のキリスト教観、ことにカトリック諸国（スペイン、ポルトガル人）への見方はやや歪《いびつ》なものとなる。

家康はおぞけをふるったはずだ。狂信者は、かれの最もきらうところである。それでもなお、家康はキリスト教の布教と貿易による利益を切り離せないものか、可能性をさぐっている。

政権奪取以後、早々に再開した朱印船貿易がその証拠だ。

一方でかれは、国内のキリシタンの取り締まりを強化し、たとえ関が原で功績があった大名といえども信仰を捨てなければ例外なく海外追放処分を命じた。

このあたり、家康が〝いやになるほどの現実主義者〟といわれる所以《ゆえん》だろう。

〝西から来る敵〟への恐怖心は、家康が日光東照宮《にっこうとうしょうぐう》に神として祀《まつ》られたことで、歴代の将軍たちへの呪縛となった。

家康の恐怖心を屈折した形で受け継いだのが、三代将軍・家光である。

家光の幼名は竹千代《たけちよ》（祖父・家康と同じ）。父は二代将軍・秀忠。母はお江。後水尾天皇に入内した和子は妹にあたる。

二十歳の若さで権力を世襲した家光が掲げた幕府方針は「武断政治」であった。大名統制の強化、キリシタンの弾圧など、刃向かうものはすべて武力によってねじ伏せようというもので――いかにも〝三代目〟らしい強引な方針だ。

が、当然ながら、それでは済まない問題が起きてくる。

寛永年間に入ると、東南アジア海域で幕府の朱印状をもった船がスペイン船に撃沈されるという事件が発生する。また、台湾南部ではオランダによる朱印船への理不尽な課税をきっかけに衝突に発展するなど、朱印船がらみのトラブルが頻発した。

紛争解決の手段として国際的な海洋法が制定されたのは二十世紀に入ってからだ。当時、海上は即物的な暴力が支配する武力紛争地域であった。外洋に出て行く以上、船がさまざまな紛争に巻き込まれるのは不可避である。一方、朱印状制度で保護を謳う江戸幕府には、紛争相手への対応が求められる。

幕府＝家光が掲げるのは武断政治。

「話し合い」ではなく「武力」で問題を解決するということだ。

江戸幕府は、武力報復を行う必要があった。

だが、欧州諸国を相手に武力報復の挙に出れば、次に何が起きるのかは火を見るより明らかだ。かれらは挑発し、武力侵略の機会を窺っている。江戸幕府が欧州諸国を相手に対等に戦い得ないことは、鉄砲伝来の事実一つとっても明白だった。

といって、何も対応を取らなければ、江戸幕府が掲げる武断政治が破綻する――。

家光はジレンマに陥ったはずだ。

そう考えて、もう一度地図を眺めれば、江戸の位置があらためて大きな意味をもってくる。

江戸は世界から一番遠い。

大航海時代を経て大西洋が欧州世界の内海となったあとも、太平洋は依然として〝容易には越えがたい難所〟として船乗りたちの前にたちふさがっていた。マゼランによる世界周航が成し遂げられたとはいえ、帆船航海による太平洋航路はあくまで〝探検〟の域を出ない。欧州の貿易商人はもっぱら東南アジア経由、日本から見れば「西から来る」者たちであった。

たとえば、列島の西の端・長崎出島《ながさきでじま》を窓口とすれば、〝西から来た敵〟は、まずは西国にずらりと並べ置かれた外様大名衆と戦わなければならない。次に、譜代大名衆。江戸への行程途中にはさらに越えなければならない大きな河川が何本もあり（家康は河に橋をかけることを禁じた）、最後に「天下の険《けん》」と謳われる箱根の山越えが待っている。

関東平野の出口に城を築き、太平洋をバックにした背水の陣――。

江戸は世界から一番遠い。

とは、まさにこういう意味だ（皮肉なことに、江戸幕府が倒れるきっかけとなったのはペリー率いるアメリカの黒船が背後から現れたことであった。が、それには蒸気機関の発明を待たねばならない。時間にすればまだ二百年以上先の話である）。

「島原の乱」をきっかけに幕府は鎖国令《さこくれい》を発布《はっぷ》。長崎出島を唯一の例外として、世界に門戸を閉ざした。

現実主義者の祖父・家康とは異なり、〝気の短い三代目〟家光らしい乱暴なやり方である。

鎖国令発布と並行して、幕府はそれまでの方針を一転し、京（朝廷）との距離を取りはじめる。

寛永十一年（一六三四年）、将軍家光が上洛。

このとき家光は、皇族から庶民に至るまで、相手かまわず、ほとんど無作為に多額の金品を気前よくばらまいて、京のひとびとから喝采《かっさい》をあびている。

京のひとびとは知る由もなかったが、幕府にとってはこれが一種の〝手切れ金〟であった。

歴代の将軍は、これ以後ぴたりと京を訪れなくなる。

幕府は「将軍宣下」を江戸城で受けることを自ら定め、またスペイン、ポルトガル、さらにはイギリスを押しのけて唯一の貿易国となったオランダの商館長《カピタン》には、年に一度、これまでのように京（朝廷）ではなく、江戸に参府するよう義務づけた。これらの慣習は幕末までつづけられることになる。

家光が最後に上洛した寛永十一年。

京は商業・貿易・金融、そして文化の紛《まご》うことなき中心地であった。欧州諸国でも、このころ京（都）は「ミヤコ」の名でひろく知られ、東方の華やかな国際文化都市として憧れの対象であったことが当時の文献から窺われる。

だが、鎖国令を境に、国際都市ミヤコ（京）の繁栄に陰りが見えはじめる。

商業・金融の中心は大坂に移り、貿易品は長崎から直接江戸に運ばれた。文化でさえ、江戸の〝四畳半的なせせこましさ〟に次第に主導権を奪われてゆく――。

その効果が目に見える形で顕《あらわ》れるのは、まだ少し先の話だ。

家光上洛から三年後。

京の町にまだ浮かれ気分が残っている寛永十四年如月《きさらぎ》。

「俵屋」を二人の客が訪れた。

雲一つなく晴れわたった青空が美しい、驚くほど空気の冷たい早朝のことである。

客が来ていると言われて表に出た宗達は、まぶしい朝の陽光に目を細め、相手に気づいて眉を寄せた。

紙師宗仁と、光悦の娘・冴《さえ》。

これまでも一人ずつ来たことは何度かあるが、二人揃って訪ねてくるのははじめてだ。

（なんや、妙な組み合わせやな……）

首をかしげた宗達は、次の瞬間、はっとして冴の顔をのぞき込んだ。

まるで作り物のように整った奇麗《きれい》な顔立ち。高麗《こま》渡りの高価な白磁《はくじ》を思わせる肌。

宗達をまっすぐに見返す冴の眼が、恐ろしいほど青く光っている。

二十四　流星群

宗達は俵屋の奥の間で腕を組み、一人じっと考えこんでいる。

正面には、さっきまで冴がすわっていた。

昨夜、本阿弥光悦が死んだ。

そのことを、冴はわざわざ鷹峯《たかがみね》から知らせに来てくれたのだ。冴は〝万能の天才〟と呼ばれ、また一族の長でもあった父・光悦の身のまわりの世話に己の一生を捧げてきた。普通に考えれば、亡くなったばかりの父のそばを片時も離れたくなかったはずだ。ところが冴は、光悦の死から一夜明けると、すぐに、

──わたしは、これから「俵屋」に行かなければならない。

と言って、周囲の者たちを驚かせた。

まわりがいくら止めても聞く耳をもたず、結局、心配した紙師宗仁が一緒についてきたという次第であった。

俵屋の奥の座敷に通された冴は、背筋をのばした美しい座り姿で、宗達にむかって

淡々と光悦の最期を伝えた。

数日前、光悦は風邪をひいて床《とこ》についた。たいしたことはないと思われたが、その後光悦は急に衰弱した。周囲の者たちが驚き、慌てふためくなか、光悦の意識は最期まで明晰《めいせき》であった。体の異常に当人はむろん気づいていたはずだ。が、少しもうろたえることがなかった。己の死期を悟っていたとしか思えない。

光悦が目を開けたのは、昨夜、夜半過ぎのことであったという。

焦点の合わぬ目で、光悦は何かを捜しているようだった。

何度かまばたきした後、光悦は部屋の隅に飾ってあった宗達の色紙絵に目をとめ、かすかに笑った。それから、冴を見て、満足したように目を閉じた――。

「息を引き取ったのは、それから間もなくでございました」

と冴はさすがに言葉につまり、下唇をかんだ。一度視線を落とし、あらためて正面の宗達に目をむけた。

――どうか、ご自分の仕事を成し遂げてください。

冴は、青くよく光る目で宗達をひたと見つめて言った。

「それが父の遺言です」

光悦の最期の言葉を伝えるために、冴は亡くなったばかりの父のそばを離れ、俵屋を訪れた。嫁にもいかず、父親の世話に己の一生を捧げた娘にしか、わからないことがある……。

宗達は冴の視線を正面からうけとめ、無言で頷いた。

寛永十四年二月三日、本阿弥光悦没。享年八十歳。

元和元年に家康から拝領した鷹峯に移住して二十有余年。

京と丹波をつなぐ街道沿い、かつて〝辻切、追いはぎのでる〟〝用心あしき土地〟といわれた鷹峯は、いまでは大勢のひとが集まる賑やかな場所に変わっていた。

光悦が一族郎党・知友・職人・工人を引き連れて移住し、新たに村をひらくと、旅人を狙う群盗どもはピタリと姿を見せなくなったのだ。

不思議、というにはあたるまい。

本阿弥家の家業は刀の〝めきき・とぎ・ぬぐい〟の三業だ。生成《なまな》りの武士など、足下にも及ばぬほど刀の扱いに長《た》けた者たちである。身に後ろ暗い覚えのある連中は、危険にたいして鼻が利《き》く。本阿弥一族が統《す》べる「光悦村」は自ずと盗賊たちが近づきづらい雰囲気を醸し出していたのだろう。

鷹峯への新移住者は五十五戸。

〝小さな村〟とはいえない。

本阿弥光悦が一族郎党・知友・職人・工人たちとともに、鷹峯で新しいことを始めようとしていたのは明らかだ。

鷹峯移住にさいして、光悦は宗達にも声をかけた。

——鷹峯で一緒に新しい仕事をはじめよう。

目が眩《くら》むほど魅力的なその誘いを、宗達はしかし、きっぱりと断った。

なぜ断ったのか？

宗達はいまでもよくわからない。

返事をする瞬間まで、受けるつもりでいた。口を開く寸前、とっさに、

(自分には別にやることがある。そのためには光悦《このひと》と一緒にいてはだめだ)

そんなふうに思った、ような気もする。はっきりと言葉にしたわけではないが。

鷹峯移住の誘いを断ったあとも、光悦との仕事が途絶えたわけではなかった。たとえば〝幼なじみ〟紙師宗仁は光悦の誘いを受けて鷹峯に移住した職人の一人だ。宗仁はときどき「俵屋」を訪れ、下絵描きの仕事を宗達に依頼した。

宗仁は己が手掛けた最新の料紙見本を持参し、この料紙と光悦の文字にふさわしい下絵がどんなものになるのか、宗達と相談する。そして、仕事の話が済むときまって、宗達を鷹峯に誘った。宗仁は鷹峯がいかに住み良いところであるかを語り、また、皆でひとつ村に住む利点を言葉を尽くして語った。

——考えてみておくれやす。あの本阿弥光悦の意見がいつでも聞ける。それがどれ

だけ有り難いことか、これほどの絵を描く宗達はんにわからんはずないと思うんやけどなぁ。

浅黒い肌に黒眼がちな目をきらきらと輝かせながら、宗仁はそう言って宗達の反応をうかがい、宗達がまいど首を横に振ると、いかにも残念そうなため息をついた。

逆に宗達が、店の者たちとともに、注文の絵を納めに鷹峯「光悦村」を訪ねたことも何度かある。

鷹峯は京の町を見下ろす景勝の地――。

要は山の上ということだ。

胸突きの坂道を息を切らして登り切ると、急に視界がひらけ、見晴らしの良い場所に出る。

そこが鷹峯「光悦村」だ。

幸い、天候にはいつも恵まれた（そもそも天気の良い日でなければ絵を納めにいかない）。ほっと息をつき、見上げた空は透きとおるほどの青さだ。そのくせ、下界を見下ろすと空気が薄紫色にかげっているような印象を受ける。

ことに面白きは朝まだき、空は緑にうち晴れて……目のおよぶかぎり霧の海となり、しげりたる森は島のごとし。木々の梢《こずえ》は船に似たり。二条の金城《きんじょう》、九条の塔、海上に浮かびて雲を貫く。

と、のちに『本阿弥行状記』に描写される風景である。

鷹峯に移住後、光悦自身はほとんど村を出ることがなかった。

唯一の例外が、寛永二年、本阿弥宗家《そうけ》光室《こうしつ》が江戸城出仕中に倒れ、病没したときだ。知らせを受けた光悦はただちに江戸に下《くだ》り、事態の収拾をはかった。宗家の者が〝江戸城出仕中に病没〟という変事にもかかわらず、一族に累が及ぶことなく平穏に事が治まったのは、ひとえに光悦の優れた政治的手腕によるものだろう。

光悦はこのとき、二代将軍・秀忠に拝謁し、直筆の色紙を献上している。

天下に名高い光悦の書を目の当たりにして、さすがの秀忠も度肝を抜かれたようだ。

――色紙、有り難く頂戴。天下の重宝《ちようほう》に致したく。

と、妙にうろたえたような言葉を返している。

秀忠のひきとめを振り切り、光悦は翌日には江戸を発って京に戻ってくる。

このとき光悦六十八歳。

気力・体力ともに、恐るべき爺さんである。

と、こう書けば、気むずかしい顔の頑固《がんこ》爺《じじ》いを想像するが、残された木彫りの光悦像は、頭巾をかぶり、大きな福耳、口許に優しげな雰囲気をたたえた好々爺《こうこうや》だ。そういえば、京を逃れてきた宮本武蔵《みやもとむさし》の刀を研《と》いでやったという逸話も（真偽はさておき）このころのはなしである。

鷹峯移住後の号は「大虚庵《だいきょあん》」。

老いてますます心境澄みわたり、創作意欲が衰えることはいささかもなかった。

光悦が鷹峯「光悦村」で工人・職人らとともに生み出した多くの美術工芸品が現在《いま》に残っている。

舟橋蒔絵硯箱《ふなばしまきえすずりばこ》
群鹿蒔絵螺鈿笛筒《ぐんろくまきえらでんふえづつ》
扇面鳥兜螺鈿蒔絵料紙箱《りょうしばこ》
子日《ねのひ》蒔絵棚

平安時代の謡曲や古典文学に主題をとりながら、伝統的な様式を遥かに、かるがると越えてゆく〝奇抜な〟形態。鉛板や鮑《あわび》の螺鈿等、新素材を多用することで生み出されたきらびやかな意匠は、のちに「光悦蒔絵」の名で呼ばれることになる。

光悦は、その他にも紙職人らとともに「大菊《おおぎく》もみ」と呼ばれる紙の工芸品をつくったり、作庭にも興味を示して「光悦垣」など面白いアイデアをいくつも生み出している。

一連の作品群は、当代きっての一流の職人・工人がひとつ場所に集まり、かつ〝万能の天才〟本阿弥光悦がアートディレクターとして君臨した「光悦村」だからこそ生まれ得た新しい美だといえるだろう。

本阿弥光悦その人にかぎって見れば、光悦村でのかれの美的活動はふたつのジャンルに集約される。

ひとつは「書」。

かつて宗達（伊年）、宗仁（宗二）らを圧倒し、素庵（与二）に賛仰された光悦の書は、その後も見る者を魅了しつづけた。「寛永の三筆」と称される光悦の書は、あとの二人（近衛信尹《このえのぶただ》、松花堂昭乗《しょうかどうしょうじょう》）と比べても抜群の人気があり、京都・江戸、また身分の貴賤《きせん》をとわず、権力者や裕福なひとびとはつてをたどって光悦の揮毫《きごう》（直筆の書）を求めた。光悦の側でも世の評判に胡座をかくことなく己の書の有り様を模索しつづける。徳川将軍・秀忠が光悦から直筆色紙を献上されて舞い上がったのも、このような背景があっての話だ。

光悦が鷹峯移住後に生み出したもうひとつの美。

それが「光悦茶碗」だ。

光悦はもともと茶の湯を嗜《たしな》む――というより、すでに早く茶匠《ちゃしょう》の域に達していたのだが、鷹峯に移住後、かれは自ら茶器をつくるようになった。

光悦が手掛けたのは轆轤《ろくろ》を用いず、手捏《てづく》ねと篦削《へらけず》りで形をととのえる〝楽焼《らくやき》〟の手法だ。質朴な形態と黒、透明、飴《あめ》色、白など多彩な釉薬《うわぐすり》が特徴である。楽焼は専門的な技術がなくとも誰でもつくれる。窯も小規模・低火力ですむ。この時期、宮廷人から京の町衆に至る大勢の者たちが楽焼を試みている。同じ方法を用いながら、「光悦茶碗」はそれらとは明らかに格がちがっている。楽焼は作者の好みや素質がただちに反映される面白さがある反面、よほどの天分がないかぎり素人の手遊《てすさ》びの域をこえでることはない。〝万能の天才〟本阿弥光悦が手掛けた茶碗は、他の者たちがつくるそれとは格がちがって当然——といえばそれまでだが、実際目《ま》の当たりにすれば唸るしかない。いったい何がこれほどまでの違いを生み出すのか、逆に首を捻りたくなるほどだ。

光悦がつくる茶碗は、茶の湯の師匠である古田《ふるた》織部の影響を受けながら、織部(焼)とは明らかに異なる品《ひん》の良さをたたえている。織部には、けれんというか、鬼《き》面《めん》人を驚かすところがあり、それが面白さにつながっているのだが、光悦茶碗の面白さ・美しさはそれとはちがう。といってただ穏やかなだけでもなく、内面に鋭さを秘めた品の良さだ(もっとも「品の良さ」などというものはおよそ主観的な、言語化困難な属性であり、さらに「品の良さの程度」ともなれば言語による差異化はもはや不可能だ。おかげで「光悦茶碗」には大量の偽物が出まわることになるのだが、それはまた別の話である)。

日本刀の〝めきき・とぎ・ぬぐい〟の家業にはじまり、書、陶芸、蒔絵、さらには、茶の湯、演能など、さまざまな分野で才能を発揮した本阿弥光悦は、晩年に至ってなお、貪婪《どんらん》な好奇心・探究心を保ちつづけた。

——惣《そう》じて刃物によらず、昔ばかりにて此後《このあと》出来ぬと申す事は不自由の論にて、今千年の後にも、刃物を始め何によらず不自由はあるまじく……新しく出でくる物にてもなりふり優れ、見事なるを見知りける。

とは、光悦が亡くなる一年ほど前の言葉である。

〝昔は良かった〟ふうの懐古趣味《かいこしゅみ》に陥る老人が多いなか、光悦は〝今出来〟のものでも良いものは良い、優れたものは優れたものとして、高く評価した。

——古《いにしえ》の名人に劣らぬ名人が今後いくらでもあらわれよう。

最晩年に至ってそう呟いていた光悦の目には、あるいは〝未来〟が見えていたのかもしれない。

光悦の死の知らせに、宗達は自分でも意外なほどの衝撃を受けた。失ったことで、光悦の存在がいかに大きかったのかを改めて思い知った。鷹峯への誘いを断り、光悦から離れたつもりだったが、その後も意識の隅でずっとかれの目を意識していた——そのことにはじめて気がついた感じだ。

部屋の隅に、誰が灯《とも》してくれたのか火影《ほかげ》がゆらめいている。

——冴どのは、もう鷹峯に帰り着いた頃だろうか？

宗達はぼんやりと考えた。

何ごともなかったかのように、葬儀の準備をきびきびと指示している冴の様子が頭に浮かぶ。

冷たく粧《よそお》った表情の下で、彼女はどれほどの思いをかみ殺していることだろう。

冴と一緒に帰っていく宗仁の後ろ姿が、まるで主人に付き従う忠実な黒犬のように見えたのはご愛嬌《あいきょう》、せめてもの救いだった。


醍醐寺の若き座主・三宝院覚定から屏風絵の注文があったのは、それからほどなく。

ちょうど桜の季節が終わったばかりのころであった。

宗達がさっそく醍醐寺をおとずれ、注文の詳細を訊ねると、覚定は「舞楽図屏風《ぶがくずびょうぶ》」が欲しいという。

——うちの寺にも、あるにはあるんどすけどな。

覚定は小首をかしげ、呟くようにそう言って、庭に目をむけた。

醍醐寺三宝院表書院《おもてしょいん》。

かつて烏丸光広に連れられて寺を訪ねたときに通されたのと同じ接客の間だ。あのときは、宗達はもっぱら光広の背後に控えていたが、いまは覚定と二人、差し向かいに座っている。

覚定に倣《なら》って、宗達は庭に目をむけた。

何度眺めても、思わずため息がでるほど見事な庭である。

桜の花の季節が終わったこの時期、表書院の座敷は池のおもてに映る青葉の緑に染まるようだ……。

二曲一双の「舞楽図屏風」。

覚定の依頼を頭のなかで反芻して、宗達は眉をよせた。

醍醐寺と舞楽は妙な縁がある。

戦乱で荒廃した醍醐寺を復興させたのは、先代の三宝院門跡・義演。かれは時の天下人・秀吉に「醍醐の花見」という一大イベントを提案することで権力者の歓心をかった。一方でこれは〝七百本もの未開花の桜を境内に移植する〟という、ある意味無謀な賭けでもあった。花見の宴が無事に終わったその日の日記に、義演は「一寺之大慶、一身之満足也」と安堵したように書きのこしている。

「醍醐の花見」をきっかけに醍醐寺は復興する。秀吉自ら庭の「縄張り」を行ったのを手はじめに、寝殿《しんでん》、台所、回廊、護摩堂《ごまどう》、金堂《こんどう》、講堂、食堂、鐘楼《しょうろう》、経蔵《きょうぞう》、塔、湯屋、山門などが次々に建立《こんりゅう》され、秀吉の死後は北政所（秀吉未亡人おね）の庇護《ひご》を受けて、醍醐寺は盛時の勢いを取り戻した。

醍醐寺復興のきっかけとなり、また後世まで語り伝えられる一大花見イベントは、しかし、その後の者たちにとっては足かせともなった。

醍醐寺では、桜の季節になると必ず「桜会《さくらえ》」と呼ばれる「観花《かんか》（桜）の宴」を催さなければならないはめになったのだ。

毎年、桜の季節になると、醍醐寺は次々に移り変わる時の権力者の顔色を窺いながら、観花の宴を準備し、開催してきた。関係者にとってそれがどれほど大変なことか、いまは亡き先代の義演に苦情を申し立てたら、茶目っ気のあるかれのことだ、きっと首をすくめ、坊主頭をかきながら、こそこそと逃げ出したことだろう。

跡《あと》を任された覚定は文句ひとつ言うことなく、毎年春になると淡々と「桜会」の準備をし、開催してきた。義演の跡を継いですでに十年余。問題らしい問題は一度も起きていない。見事な采配ぶりである。

いかに桜花が美しくとも、花を愛でるだけでは観花の宴は成立しない。

秀吉の「醍醐の花見」では境内には八つの茶屋（パビリオン）が設けられ、それぞれで様々なイベントがくりひろげられていた。満開の桜の花のほかに、何か人の気を引く催し物がなければ、訪れた者たちはすぐに花に飽きて文句を言いはじめる。

醍醐寺では「桜会」の付属イベントとして、例年「舞楽」を催してきた。

舞楽は唐楽《とうがく》や高麗楽《こまがく》を伴奏とする古い形式の舞踏で、奈良時代に中国大陸および朝鮮半島から伝わって以来、宮廷や社寺の各種行事で採用されている。

独特のエキゾチックな楽（音楽）と装束（衣装）。

一見人とも鳥とも化け物ともつかぬ奇怪・奇抜な面をつけて舞い、あるいは踊る。人々が普段の生活では目にすることも耳にすることもない雅《みやび》で不思議な音と、非日常的な動きだ。

唐楽の伴奏で舞うのを「左方《さほう》」、高麗楽の伴奏で舞うのを「右方《うほう》」といい、一人（もしくは二人）の舞人が舞台上を激しく動きまわる「走舞《はしりまい》」、動きの似た左右の舞を対にした「番舞《つがいまい》」、四人（または六人）の舞人が列をなして優雅に舞う「平舞《ひらまい》」、さらには、武具を用いる「武舞《ぶのまい》」と武具を用いない「文舞《ぶんのまい》」などの区別がある。

楽人が奏する唐や高麗の雅で不思議な楽曲に合わせて、舞台の上で一人もしくは複数の舞人が踊り、舞う。

〝桜を観る〟という行為には、どこか浮世を離れた、陶然《とうぜん》とした趣《おもむき》がある。観花の宴の付属イベントとして、古来、舞楽が好まれてきたのはおそらくそのためであろう。

舞楽の様を屏風面に描いたものが「舞楽図屏風」だ。

「舞楽図屏風」が境内にあれば、舞楽が演じられていないときでも、風にただよい聞こえる楽の音さえあれば舞楽の雰囲気を味わってもらえる――。

その効果を期待して、醍醐寺ではこれまでも代々寺に伝わる金地濃絵の舞楽図屏風を境内に並べてきた。

ところが、である。

――飽《あ》きた、言わはりますのや。

庭を眺めていた覚定が宗達に顔をふりむけ、眉をひそめて言った。色白の肌、形の良いちまちまとした目鼻立ち。典型的な公卿顔だ。その覚定の唇の端に、見れば、かすかに苦笑が浮かんでいる。

今年の「桜会」のさい、招待客の一人であったさるやんごと、、、、なきお方が、

「これは去年も同じ絵《おんな》やった。せっかく年に一度、伏見くんだりまで足をはこぶんやさかい、どうせやったら違う屏風絵が観たいもんや」

と無責任に発した言葉に、とりまきの連中がたちまち付和雷同し、

「たしかに、去年とおんなじ絵どすな」

「この屏風絵はもう飽きた」

「同じ絵はつまらん」

などと、口々に勝手なことを言い立てるひとまくがあったのだという。

「年々《ねんねん》歳々《さいさい》花《はな》相似《あいにたり》、歳々《さいさい》年々《ねんねん》人《ひと》不同《おなじからず》とは、よう言うたもんや。花とちごうて、人いうのは、ほんま勝手なもんどすなぁ」

覚定は独り言のようによそを向いて呟き、軽く首を振った。

やってられない、と思うことが覚定でもたまにはあるらしい。

覚定はあらためて宗達にむきなおり、

「金地濃絵の舞楽図屏風をお願いできますやろか。二曲一双。そうどすな。できれば、なるたけ飽きのこんようなものをお頼みします」

そう言って、頭を下げた。

宗達は。――

うすく口を開け、ぼんやりと考え込んでいる。心ここにあらず、といった風情だ。

覚定が依頼を口にした瞬間、宗達の耳元でもう一つ、別の声が重なって聞こえた。

――どうか、ご自分の仕事を成し遂げてください。

本阿弥光悦の娘・冴の声だ。光悦の最期の言葉でもある。

(ではこれが？　これがそうだというのか？)

宗達はじっと目を細め、見えないものに目を凝らした。

舞楽を描いた「舞楽図」とよばれる絵画ジャンルは古くから存在する。狩野派の絵師が描いた「舞楽図屏風」が多くいまに残っているが、いずれも装飾画としてよりはむしろ、舞楽のやり方（舞人の装束、面、舞具の持ち方、体の捌《さば》き方など）を描き留めた指南《しなん》書《しょ》、もしくはサンプルカタログとしての意味合いがつよい。

金地屏風に濃絵で「舞楽図」を描く。

それ自体はさして困難な仕事ではない。宗達の腕をもってすればいくらでも描けるはずだ。問題は。

——見飽きることのない屏風絵に仕上げること。

そんなことが、果たして可能なのか？

宗達の脳裏に、過去に手掛けたいくつかの作品が浮かんだ。

鶴下絵《つるしたえ》三十六歌仙和歌《さんじゅうろつかせんわか》巻《かん》、四季《しき》草花下絵《そうかしたえ》古今集《こきんしゅう》和歌巻、鹿下絵《しかしたえ》和歌巻、蓮下絵《はすしたえ》和歌巻……。

なるほど、あの作品たちであれば決して見飽きることはあるまい。しかしそれは、宗達の下絵に合わせて本阿弥光悦が見事な文字で和歌を書いてくれたからだ。宗達の下絵と光悦の文字が作品の中で響き合い、フレーズを交換し、お互いに補完しあうことで、はじめて作品に決して見飽きることのない〝動き〟が生じた。だが。

本阿弥光悦はもういない。

光悦と競い合いながら力を尽してやっと成し遂げられた高みを、今度は一人で目指さなければならない――。

（できるんやろか？）

宗達は己の胸の内を覗き込んだ。誰もいない、呼んでも誰も応えてくれない無人の荒野に、一人ぽつんと取り残されたような気がする……。

「申《もう》し……宗達どの？」

覚定の声で、われに返った。

振りかえると、醍醐寺の若き座主が宗達の顔を覗き込んでいた。眉間に心配そうな色が浮かんでいる。

「なんや、怖い顔しておしやしたけど……。きつう難しことをお頼みしましたやろか？」

「いやいや、そないなことあらしまへん」

宗達は慌てて首を振った。

「そやおへんのやけど……。どうどっしゃろ。この仕事、来年いっぱい頂けまへんやろか？」

「今年いっぱいやのうて、来年いっぱい？」

覚定は訝しげに訊きかえした。

「半端な仕事にしとうないんどす」

きっぱりとそう言い切った宗達の口調に、覚定は何ごとか感じとったのであろう、

「よろしおす。来年いっぱいお待ちします。ええ仕事をしておくれやす」

にこりと笑って答えた。


俵屋に戻った宗達は隠居を宣言する。

突然のことに驚き、騒ぐ周囲の者たちをしりめに、宗達は隠居に必要な手続きを黙々とすすめた。

「俵屋」は、いまでは〝京で一番〟と謳われる扇屋、また繁盛している人気の絵屋だ。商品を並べた見世は京の町なかだけでも五軒を数え、取引先、得意先は広く全国に散らばっている。裕福な町衆ばかりでなく、近ごろは宮中や高位の公卿からの注文も増えていた。その他、能楽師や茶匠、生花師などの中には、特殊な扇や掛物、短冊、屏風絵を注文する者も少なくない。

得意先に隠居の挨拶と、後継者を紹介してまわる必要があった。店の帳簿、その他事務仕事の引き継ぎもある。なにより大変なのは、宗達が隠居したあと〝俵屋ブランド〟を如何にして維持していくかだ。

これまで「俵屋」商品の最終確認は、宗達が一人でおこなってきた。俵屋に雇われ

た大勢の絵職人が絵付けをした扇、短冊、掛物、屏風といった商品は、一度すべて宗達のもとに集められ、宗達が〝俵屋ブランド〟として世に出せるか否かの判断をしてきたのだ。

上出来の絵には、かつて宗達が使っていた「伊年」印を捺し、あるいは「宗達」の署名を入れて付加価値を高めるといった判断も、すべて宗達一人の仕事だった。

隠居にあたって宗達は、かれが認めた何人かの弟子たちに絵付けの出来の判断基準を伝えた。絵職人から上がってきた商品をかれらに見せ、この絵がなぜ俵屋ブランドとして相応しいのか、あるいは相応しくないのかを、可能なかぎり説明した。もっとも、いくら言葉で説明してもわからない者にはわからない、説明しなくてもわかる者にはわかる話だ。宗達が腕をくみ、首をかしげて、難しい顔で考え込んでいることもしばしばだった。

雑事に追われていれば、一年などすぐに経ってしまう。

宗達が「舞楽図屏風」に取りかかることができたのは、醍醐寺から依頼を受けて一年の後、すでに桜の季節も終わりに近づいた時分であった。

隠居後、宗達は周囲の者たちを遠ざけ、一人作業場にこもって「舞楽図屏風」の制作に打ち込んだ。

指南書、あるいはサンプルカタログとしての意味合いがつよい「舞楽図」では、描かれる舞人の姿形《すがたかたち》は決まっている。逆に言えば、決まった姿形の舞人の姿を描いていなければ「舞楽図」と見なされないということだ。宗達が工夫すべきは、決まった姿形の舞人をどう組み合わせるか。あるいは、屏風画面のどこにどう舞人を配置し、金地の空間をどう残し置けば、全体が最も美しく見えるのか――。

組み合わせは、無限だ。

宗達はさまざまな「舞楽図」の模写を試み、試行錯誤をくりかえして、徹底的に美の可能性を探った。

ようやく構図が決まったのは二月《ふたつき》の後。

(何とか満足のいくものができそうや)

ほっと安堵の息をついたのもつかの間、まるでタイミングを見計らっていたかのように第二の衝撃が宗達を襲う。

烏丸光広急死の知らせであった。

寛永十五年七月十三日。

烏丸光広はいつものように昼酒を楽しんだ後、庭を散策中、軽く噎《む》せたようなせきをしたかと思うと、不意にその場にくずおれた。

家の者たちが慌てて駆け寄ったときには、すでに息がなかったという。

知らせを聞いて急いで烏丸家を訪れた宗達が目にしたのは、驚いたような表情を浮かべた光広の死顔であった。

おそらく最期の瞬間まで、かれは自分が死ぬとは思っていなかったのだろう。

享年六十歳。

烏丸光広の死は宗達を打ちのめした。

先年亡くなった本阿弥光悦は八十歳の高齢であった。まだ納得のしようもある。だが、烏丸光広は宗達より五歳も若い。

能筆家《のうひつか》。ただし、さまざまな書体を意図的に使いわけるため、光広の書は時代の特定がむずかしい。

皮肉屋。〝ぬえ〟と呼ばれ、宮廷内のどの派閥にも所属することがなかった男だ。

数年に及ぶ江戸下向《げこう》中、光広は将軍家光に（和歌権威の）「古今伝授」をさんざんねだられたが、そのたびに言《げん》を左右にし、のらりくらりと躱《かわ》しつづけて、結局家光の望むものは何も与えずに、江戸を離れて京に戻ってきた。

それが去年のことである。

隠居準備のあれやこれやで忙しく、その後は「舞楽図屏風」制作に打ち込んでいたので、宗達は京に戻ってからの光広とは結局一度も会わずじまいであった。

茫然としながら、宗達は一人で俵屋に戻ってきた。

店先で足をとめ、空を見上げた。

抜けるような青空に夏の雲が浮かんでいる。

風にのって笛の音が聞こえた。遠くで、お囃子《はやし》の音がする。

どこかで祭りが行われているらしい。

——そういえば、烏丸光広にはじめて会ったのは祇園祭りの日だった。

宗達は軒端《のきば》ごしにまぶしい夏空を見上げ、ぼんやりとそんなことを思い出した。

あれから十五年？　それとも十六年になるのか……。

気がつくと、ずいぶんと時間が経った。

本阿弥光悦と烏丸光広は、宗達に世界を開いて見せてくれた二人だ。

最初は本阿弥光悦という〝巨人〟の肩に乗り、その後は烏丸光広——重力を離れ、自由に飛び回る翼をもった〝妖精〟のような男に手を引かれて、宗達はいまこの場所に立っている。かれらがいたからこそ、やすやすと高い壁を越えることができた。一人であれば決して見ることができなかった壁の向こう側の景色を、二人のおかげで見ることができた——。

その二人が、もうこの世にいない。会うことすら叶わない。

宗達はゆるゆると首を振り、ため息をついた。

なんだか信じられない気分だった。

己の右手に視線を落とす。指先が細かく震えていた。最近はよくこうなる。ひどいときは茶碗や箸を持てないくらいだ。不思議なことに、絵筆をもつと手の震えはぴたりと止まった。絵を描いているときだけは震えを意識することさえない。

──おれも歳をとったということか。

宗達は苦笑し、細かく震えつづける己の手から顔をあげた。

夜中に、背中や腰の痛みで目が覚めることもある。思わず呻《うめ》き声をあげて床から起き上がると、決まって激しい動悸《どうき》がしていた。

昔のようには無理はきかない。

宗達は唇をかんだ。

──あと少し。もう少しだけ時間がほしい。

風の中に音楽が聞こえている。

笛と太鼓の音だ。

宗達にはもはやそれが現実の音なのか、それとも記憶のなかから聞こえてくる音なのか区別がつきかねた。

不意に辺りが暗くなった。

ふり仰ぐと、いつのまにか黒い雲があらわれ、陽光を遮っていた。黒雲は見る見る空いちめんに広がり、あっというまに青空を覆いつくした。

雨が落ちてくる。大粒の雨だ。

一つ、二つ、と数をかぞえるように落ちてきた雨粒は、すぐに本降りとなった。

店の前の道を大勢の者たちが袂《たもと》で頭を覆い、あるいは幼い子供を脇にかかえながら、足をそらに一散に駆けてゆく。

軒先に立った宗達の周囲でも店の者たちが慌ただしく動いている。雨粒がかからないよう商品を奥に下げ、窓を閉める。それでも追いつかずに雨戸を閉める者もいる。

突然、辺りがまばゆいばかりの光に包まれた。

あっと思うまもなく、雷鳴が轟き、耳が遠くなった。

周囲で悲鳴が上がる。

ふたたび稲光り。

続いて雷鳴。

凄まじい音に、軒先がびりびりと震えるのが見えるようだ。どこかで火がついたように子供が泣き出した。大声で立ち騒ぐ大人たちの声も聞こえる。

道具箱をひっくりかえしたような騒ぎのなかで、宗達は一人店の軒先に立ち尽くしていた。

頭のなかに子供のころから夢中で描き続けてきた無数の模写絵図が浮かんでいる。

扇が舞っている。

三度《みたび》、稲妻。そして、雷鳴。

──ああ、そうか。あれは……北野《きたの》天神縁起《てんじんえんぎ》絵巻やったな。

宗達はさっきから頭の隅にひっかかっていながら、なかなか思い出せないでいたことにようやく思い当たって、「うふっ」と声に出して笑った。

黒雲の間から雷神が姿を現す。「小さい時分から、雷《かみなり》いうもんが恐ろしおしてな。雷が鳴り出すと、きまって屏風の陰にうずくまり、頭を抱えて小そうなっていたもんどす」……屏風は風よけ……立てまわして、雷避けにすることも……。

宗達は口もとに気味の悪い笑みを浮かべたまま、きつく目を細め、どこともわからぬ闇の奥を覗き込んだ。

辺りが、また昼間のような光に包まれる。

恐ろしい一瞬の静寂の後、これまでで一番とも思える雷鳴がすべてを圧して轟きわたった。

(何ができる?)

宗達は目を閉じた。

………。

次にやや、遠く、稲妻が世界を照らし出したとき、宗達の姿はすでに店の軒端から消えていた。

その日から宗達は作業場に引き籠もる。絵を描いているときは何人といえども立ち入ることを許さず、誰とも口をきかなかった。

宗達が新しく制作をはじめた屏風の噂を伝え聞いた三宝院覚定は、暫《しば》し茫然とした後、

——さては狂われたか。

と、短く呟いた。

二十五　風神雷神

満開の桜であった。

お気に入りの袈裟をまとった覚定は三宝院大玄関の前に立ち、醍醐のおやまを見上げて満足げに目を細めた。

昨日までのぐずついた天気がうそのような青空を背景に、いまを盛りと満開の桜が咲きほこっている。

春霞《はるがすみ》たなびく、かっこうのお花見日和だ。

京の春はこのところ天候不順の年がつづき、年に一度の醍醐寺の桜会《さくらえ》も小雨や冷たい風に祟《たた》られがちであった。

――桜会いうから来たのに、なんや、まだ蕾《つぼみ》ばっかやないか。もうちょっと日《ひい》えらべば良かったのに。

と文句を言う者もあったが、これはすじちがい。もともと秀吉の「醍醐の花見」にちなんだ観桜の宴だ。花に合わせて日にちを変えるものではない。

今年は少なくとも、天気と開花具合について文句を言われることはなさそうだ――。

覚定は安堵の息をついた。醍醐寺を任されて十年余。座主としては、いろいろと気を遣わなければならないことが多い。

風に乗って楽《がく》の音が聞こえてきた。

五重塔《ごじゅうのとう》の前に設けた舞台で、舞楽が演じられている。

（今年の演目は……はて、何であったか？）

思い出せず、小首を傾げていると、三人の女が三宝院の門を並んで入ってくるのが見えた。

三人のまん中、桜模様をあしらった薄桃色の小袖に、遠目にもにこにこと陽気な笑みを浮かべた丸顔の女は「俵屋」の女将《おかみ》みつだ。

その右隣、今日の空のような無地青の小袖をまとった小柄な女性は本阿弥光悦の娘。名前は、たしかさえといったか。

二人には、これまで何度か会ったことがある。さて、問題は。

みつの左隣、なかば顔を覆うおくそ頭巾、稲妻のような不思議な柄の葡萄鼠の小袖を着た、すらりと背の高い女だ。初対面。先日、みつから届いた手紙に書かれていた彼女の名は――。

「お待ちしておりました」

覚定は三人の女たちを自ら迎えて声をかけた。

女たちが足を止め、丁寧に頭を下げる。

「こたびは醍醐寺さんの桜会にご招待いただき、まことにありがとうございました」

三人を代表して、みつが覚定に挨拶した。

覚定は内心感心しながら、頷いてみせた。あんなことがあったにもかかわらず、みつは元来の明るさを少しも失ってはいない。色白の丸顔。糸のように細い目。決して美人ではないが、みつには周囲を元気づける明るさがある。そのせいだろうか、四十代半ばという実際の年齢より、ずっと若く見えた。もっとも、それを言えば——。

覚定はみつの左右の女性をそっと窺い、心中驚きを禁じえなかった。

右隣りの光悦の娘・冴は、たしかみつより二つか三つ歳上のはずだ。が、最初に会った十年以上前から少しも変わらない。切れ長の目に鼻筋の通った端整な瓜実顔《うりざねがお》。青《せい》磁《じ》のような肌は、あたかも二十歳の娘さながらだ。これも一種の化け物というべきか？ 世の中にはまれにこうした女性も存在するらしい。

若くして寺に入った覚定は、世の不思議に首をひねるばかりだ。

——ほんま、晴れてよかったどすなぁ。

そう発したおくそ頭巾の女に、覚定はあらためて顔をむけた。

重い絹織物の手触りを思わせる特徴ある声。

先日のみつの手紙によれば、女はかつて〝天下一〟と称された歌舞伎《かぶき》踊りの創始者、出雲阿国《いずものおくに》だという。

(この女《しと》が出雲阿国……?)

覚定は、にわかには信じられない思いで目を細めた。

出雲阿国一座が一世を風靡《ふうび》したのは慶長のはじめのころ。覚定がまだ生まれる前の話だ。覚定は阿国も歌舞伎踊りも見たことがない。噂によれば、出雲阿国はその後、禁教令で国外追放となったキリシタン大名・高山右近らとともにマニラに渡り、かの地で活躍していたという。

その阿国が二十五年ぶりに日本に帰ってきた——。とすれば、女性の年をかぞえる趣味はないが、すでに六十歳前後のはずだ。

頭巾の間からのぞく顔といい、軽やかな身のこなしといい、とてもそんな年齢には見えなかった。いくつに見えると訊かれても困る。年齢などといったものを超越している感じだ。

(化け物ばっかりや)

覚定は女たちには気づかれない程度にくすりと笑い、その笑みに紛れさせて、

「見てきておくれやしたか?」

と訊ねた。

醍醐寺金堂前に緋毛氈《ひもうせん》をしき、新作の屏風絵のお披露目を行っている。

二年前、覚定が「俵屋」の主人・宗達に依頼した品だ。

「舞楽図屏風」

二曲一双、全四扇。

金地に濃絵。各扇に色の異なる衣装をつけて舞う舞人の姿を描いた「舞楽図屏風」は、これより三百二十年の後、〝戦後日本文学の旗手〟ともてはやされていた三島由紀夫《みしまゆきお》が、

――飛切りの豪奢《ごうしゃ》。

と、手放しで賛嘆《さんたん》した作品である。

右隻右下、画面を斜めに切るように幔幕《まんまく》が配され、そこから大太鼓《おおだいこ》と大鉦鼓《おおしようこ》が覗いている。幔幕前には、鳩杖《はとづえ》をついた白い衣装の「採桑老《さいそうろう》」。

右隻別扇《べつせん》は、濃い緑の衣装と面をつけて二匹の竜が戯れる様を演じる「納曾利《なそり》」の二人舞。

左隻右側には、緋色の衣装に奇怪な面をつけて舞う「蘭陵王《らんりようおう》」と「還城楽《げんじようらく》」。

左隻左扇には鶴が舞い遊ぶ姿を模した「崑崙八仙《ころばせ》」（〝くろはせ〟とも）の四人舞。

上部に見切れる濃い緑の松の古木に、寄り添うように描かれた桜の若木が花をつけ

ている。

――「舞楽図」の単純化された豪奢は、まさに飛切りの豪奢である。（中略）宗達の作品には、趣味のよすぎるもののもつ弱さがない。

と悔しそうに記したとき、三島の心中にいかなるものが去来したのか。早すぎる彼の晩年をふり返れば、なにごとか考えさせられる言葉ではある。

が、それは三百年以上先の話だ。

「……どないどしたやろか？」

心配そうな口調で訊ねたのは、三宝院覚定。新作の「舞楽図屏風」の評判が気になって仕方がない様子だ。

三人の女たちは一瞬顔を見合わせ、すぐに、

「結構な屏風絵どしたぇ」

「桜を見に来たお客さんらも、すっかり気に入ったはる様子どしたなぁ」

「今日は天気もええし、屏風の金地にお陽《ひ》さんがよお映《は》えて……」

と、くちぐちに褒めたたえた。

「ほんまどすか。そら良うおした」

覚定はほっと安堵の息をつき、口もとに穏やかな笑みを浮かべた。

「最初に噂を聞いたときは、どないなることかと思いましたが……」

と、これは独り言のように口のなかで呟いた覚定は、あらためてみつに顔を向け、

「さすが、見事な出来栄えどした」

そう言って頭を下げた。その頭の上で、女たちが意味ありげに目配せを交わしている——。

結構な屏風絵。

お客さんらもすっかり気に入ったはる。

屏風の金地にお陽さんがよお映えて……。

女たちの言葉は〝ありのまま〟〝見たまま〟。それはそれで間違いない、本当の話だ。

が、覚定が受け取った文字づらの印象とは、少し意味あいがちがっている。

年に一度の桜会。

数年ぶりの晴天に恵まれたこの日、醍醐寺を訪れた招待客のほとんどは金堂前で足をとめ、そこから一歩も動けないでいた。吉野の山から醍醐寺境内に移植された秀吉縁《ゆかり》の七百本の満開の桜など誰も見ていなかった。五重塔前に設えられた舞台周辺にも人影は少なく、舞楽を演じる者たちも調子が出ない様子であった。

かれらが見ていたのは緋毛氈の上に置かれた新作の「舞楽図屏風」、〝決して見飽きることのない〟〝飛切りの豪奢〟だ。

招待客たちの多くが満開の桜よりも、あるいは実際に舞台で演じられている舞楽よりも、お披露目の新作屏風絵の前で足をとめ、惚けたように見入っていたのは無理からぬ話であった。

――この屏風の前では踊りたくない。

招待客に混じって舞楽図屏風を目にした瞬間、阿国はとっさにそう思った。

理由は、うまく言葉にできない。分かっているのは、

――この屏風絵の前では、どんな踊り手もみすぼらしく見える。

ということだ。

宗達の「舞楽図屏風」は、大坂城拝謁の間で秀吉の権威をきわだたせるために使われた「唐獅子図屏風」などとは指向する方向が根本的にちがっている。狩野派や土佐派といった所謂《いわゆる》御用絵師たちは、特定の権力者の目を意識しなければならなかった。対して宗達は、本阿弥光悦・烏丸光広という特異な審美眼の持ち主二人とかかわることで、時空にとらわれない鑑賞者をイメージできた――そのちがいだろう。かつて若き宗達（伊年）が衝撃を受けた平家納経の制作者たちは〝仏の世〟を意識することで超越的な鑑賞者を得た。宗達が意識したのは、それとはまたちがった意味での〝不変の鑑賞者〟だ。

「では、こちらへ」

覚定が振り返り、先に立って三人の女たちを案内する。

大玄関入口で履物を脱いで、三宝院の建物のなかに入った。

女たちの足下は目に染み入るような白足袋《しろたび》。廊下を歩むごとに、きゅっきゅっと音が鳴る。やがて前方に醍醐寺三宝院自慢の庭が見えてくる。

覚定の後について廊下を進みながら、みつは左右を歩く二人に小声で言った。

――お二人に見てもろて、うちの人もよろこんどると思います。

それから、阿国の方にわずかに首を振りむけ、

――ほんま、よう帰ってきてくれはりました。

そう言って目礼した。

阿国は、無言で目礼を返す。

みつには詳しい事情は話していなかったが――。

本当は日本《このくに》にはもう帰ってこないつもりでいたのだ。

慶長の末年。

阿国は国外追放処分を受けたキリシタン大名・高山右近一行に紛れ込むようにして長崎を出た。キリスト教信仰を守るためではない。当時、阿国一座は日本人貿易商の招きで、マニラの日本町での興行を計画していた。一座にとってマニラに向かう右近

の船は、文字どおり〝渡りに船〟、手近に利用できるかっこうの道連れだったというわけだ。

現地到着後、阿国一座は右近ら一行とはすぐに別れ、マニラの日本町で舞台を立ち上げた。

興行は、大成功であった。阿国一座は日本町の人々のみならず、評判を聞きつけた現地の有力者にもたびたび招かれ、踊りを披露して喝采を浴びた。

——踊りに言葉は必要ない。

阿国が確信したのはその頃だ。

どこに行っても自分の踊りを楽しんでもらえる。どこでもやっていける。

そう思えば、京や江戸での興行がひどく息苦しいものに感じられた。

阿国の発案で、その後一座は東南アジア各地をまわることになった。当時はどこに行っても日本町があったので、興行のつてには困らなかった。阿国一座は行く先々で現地の音楽や踊りを取り入れながら、多彩な舞台をつくりあげた。じつに、さまざまな音楽や踊りがあった。それまで見たことも、聞いたこともないものばかりだ。阿国はそれらの音楽や踊りを夢中になって吸収した。そして、自分の舞台にかけられるよう工夫を凝らした。

いつも成功したわけではない。不入りがつづき、持ち金が底をついたことなど珍しくもない。よくわからない理由で舞台の途中でお客たちが怒り出し、身の危険を感じて、慌てて町から逃げ出したことも一度や二度ではなかった。

それでも阿国は毎日が楽しかった。朝、目が覚めるとわくわくした。どんな一日になるのかわからない、刺激に充ちた異国での日々は新鮮だった。

月日が流れるのなどあっという間だった。気がつけば、長崎を出て二十年以上たっていた。このまま、ずっとこっちでやっていくつもりだった。

そんなとき、昔から一緒にやってきた一座の世話役の男が殺されるという事件が起きた。賭場《とば》での、つまらぬもめごとが原因だ。奇岩のようなごつごつ顔をした、背中の曲がった小男で、周囲の者から〝伊和《いわ》（岩）〟と呼ばれていた人物だ。知らせを聞いて、阿国は最初何かの間違いだろうと思った。いわが人を殺すことはあっても、殺されることなどありえない。詳しく聞いたことはないが、実際、何人か殺しているはずだ。運び込まれてきたいわの遺体を見て、阿国はようやくかれが死んだことを理解した。

両親の顔も知らない阿国を拾って一座に加えてくれた男だった。同時に、早くから阿国にスターとしての資質を見いだし、大切に育ててくれた恩人でもある。年齢不詳。正体不明。気がついたときには、いわはすでに老人の風貌をしていた。いくら記憶を溯《さかのぼ》っても、ずっと同じ顔だ。もしかすると阿国とは十二歳《ひとまわり》ほどしか離れていなかったのかもしれない。いつも影のように阿国の背後を離れず、ずっと阿国を守っていてくれた。といって、彼女を支配するわけではなく、阿国が「あの男と寝たい」と言えば、相手の男について丹念に調べ上げ、認めた男であれば連れてきてくれた。あまりにも身近にいたせいで、いわが殺された後、阿国はかれがどんな私生活を送っていたのかまるで知らないことに、ようやく思い至ったくらいだ。――死んだいわは、ひどく小さく見えた。

いわが殺された頃を境に、阿国は急に踊りに対する情熱を失った。いやになった。何もかも投げ出して自堕落《じだらく》に余生を過ごそうかとも考えた。そのくらいの蓄えは充分あった。

ふと、一本の扇が目にとまったのはそんなときだ。京で踊っていた頃に使っていた「俵屋」の扇だった。

阿国は久しぶりに扇を広げ、すぐに閉じた。

もう一度。さらにもう一度。

何度か扇を広げたり、閉じたりしているうちに、あの人がどんな仕事を成し遂げたのか、ひとめ見てみたいと思った。

江戸幕府はすでに領民の海外渡航ならびに帰国を禁じていた。おかげで昨今は東南アジアの日本町はどこも寂《さび》れる一方だ……。

阿国は軽く苦笑し、すぐに行動にうつった。一座を後継の者に任せ、密入国の手はずにとりかかった。

手はじめは、長崎行きのオランダ船の船底を二重にして秘密の部屋をつくらせることだ。密入国の手伝いとなれば、オランダ人商人もリスクを負うことになる。が、何事も金次第。途中寄港する港々の役人たちへの鼻薬《はなぐすり》も必要だ。が、これも金でなんとかなる話だ。阿国は蓄えた金を惜し気もなく使って準備をととのえ、積荷にまぎれてひそかに長崎に上陸した。

長崎から山陰を経て京に入ったのは春三月、桜にはまだ少し早い時分であった。

阿国はその足で「俵屋」を訪れた。

奥の座敷に通され、色白、丸顔の、四十年配の女性と向かい合わせに座った。

彼女から宗達はすでに死んだと聞かされて、阿国は茫然となった。われに返ってすぐ、

「亡くなったんは、いつ頃のことどす?」

と、お悔やみを述べるのも忘れて、せき込むように訊ねた。

「早いもんで、もう二月《ふたつき》余りになりますなぁ」

相手の女性はゆったりした口調でこたえた。視線をはずして、遠くを眺めるような目付きになった——。

＊

宗達が死んだのは、年が明けたばかりの、まだ松も取れないころだった。

二年前の春、〝来年いっぱい〟との約束で醍醐寺から受けた注文の屏風絵を、納期どおり年の暮れに納めたあと、宗達はすっかり気が抜けた様子で、惚《ほう》けたような顔でぼんやりと過ごしていることが多かった。

年末年始の慌ただしい挨拶回りも一段落したある夜半。

みつは呻き声で目を覚ました。

宗達が背中に激しい痛みを訴え、夜具の上を七転八倒していた。

以前から宗達は、ときおり背中や腰の痛みを口にすることがあった。長時間、同じ姿勢で仕事をする絵師・絵職人にとっては、腰や背中の痛みはある意味職業病だ。ことに寒い季節は体がこわばるせいか調子がよくない――数日前にも、宗達自身が苦笑まじりにそんなことを言っていたばかりだ。

だが、その夜の宗達の苦しみ方は尋常ではなかった。苦痛に顔を歪め、額には脂汗、獣のような呻き声をあげて夜具の上をのたうっている。そばに近寄って声をかけても、ろくに返事もできないありさまだ。

見かねて医者を呼びに行こうと立ち上がったみつの袂をとらえて、宗達は首を振った。

振り返ると、宗達の目に必死の色が浮かんでいた。

みつはとっさに覚悟を決めた。傍らに膝をつき、宗達の顔をまっすぐに覗き込んだ。宗達に微笑みかけ、囁くような声で、

――おかえりやす。

と言った。

なぜそんなことを言ったのか、自分でもわからない。とっさに口から出た感じだ。

苦痛に歪む宗達の顔に、一瞬不思議そうな色が浮かんだ。すぐに得心したような表情になり、宗達はみつに微笑み返した。

次の瞬間、宗達の口の端から真っ赤な血が糸を引くように滴《したた》り落ちた。大量の血が溢れ出た。

みつの袂をきつくつかんでいた宗達の手から力が抜ける。体がずるずると床に崩折れた。

白い寝衣《しんい》が血まみれになるのもかまわず抱き起こしたとき、宗達の顔はすでに血の気が失せ、死んだ者の顔になっていた。

みつは宗達の体をしっかりと抱き締め、もう一度、

——おかえりやす。

と言った。

見知らぬ女が「俵屋」を訪ねてきたのは、宗達の葬儀を終えて二月《ふたつき》ほど経った頃だ。

濃い紫の着物、半ば顔を隠すように頭巾をかぶった女は、町人には見えなかった。さりとて公卿の家の者とも、武家の家の者とも思われない。年齢不詳。若くはないが、身のこなしに妙な色気があり、懐に麝香《じやこう》でも忍ばせているような異国風のなまめかしい香りがただよっている。

「俵屋」の主《あるじ》・宗達はすでに亡くなったと聞くと、女は言葉を失い、茫然となった。「京に来たのは二十数年ぶり」。最初にそんなことを言っていた女は、不思議なことに宗達がすでにこの世にいない可能性については少しも考えていなかったらしい。女はわれに返るとすぐに、宗達の亡くなった時期を訊ねた。二月ほど前。四十九日を済ませたばかり。みつの言葉に女は目を細め、指を折って、頭のなかで日数をかぞえる様子であった。それから、

——なるほどなぁ。虫の知らせいうやつやったんか。

と独りごち、それからあらためてみつに向き直って、丁寧にお悔やみを述べた。

頭をさげ、礼を言って帰ろうとする女の紫の着物の裾に白い猫毛を認めて、みつははっと思いついて訊ねた。

——もしかして、あんた様、おくにさんやおまへんか？　出雲の、おくにさん？

女はゆっくりと振り返った。

眉間に訝しげな色が浮かんでいる。なぜわかったのか？　そんな表情だ。

宗達と阿国の間にむかし何があったのか、みつは直接聞いたことはなかった。が、宗達は生前、白い猫を見かけるとかならず目で追いかけていた。その後で、阿国が舞台で使っていた扇を取り出して眺めていた——だから、なんとなくそんな気がしただけだ。

「まだ、帰らんといておくれやす」

みつは阿国ににこりと微笑んで言った。

「あんた様に、ぜひ見てもらいたいもんがありますよって」

みつは阿国を説きつけて京での滞在手配をととのえる一方、醍醐寺座主・三宝院覚定に〝自分と光悦の娘の冴、それに出雲阿国の女三人を、今年の醍醐寺の桜会に招待してもらえないだろうか〟という趣旨の依頼の手紙を書いた。

折り返し、承諾の返事が届いた。覚定は〝お三人でゆっくりと観られるように手配致しましょう〟と書き添えてくれていた。

……………。

「こちらでござります」

涼やかな覚定の声に、みつはわれに返った。いつの間にか物思いにふけっていたらしい。記憶はたちまち雲のように渦を巻いて流れてゆく――。

廊下を先に立って歩いていた覚定が足を止め、半身になって庭に面した部屋を示した。

三宝院表書院。

醍醐寺にとっては重要な客人を迎えるための場所だ。

「俵屋さんからお借りした品は、この部屋に置かさしてもらいました」

覚定は軽く目を細め、いたずらっぽい口調になって、

「見てもろたらわかりますが、まあ、えらいもんどすわ。拙僧《わたし》はこれにて失礼しますよって、あとはみなさんで。どうぞごゆるりと」

そう言いおいて軽く頭を下げ、奥の間に引っ込んでいった。

廊下に残された三人の女たちは、互いに顔を見交わした。

同時に軽く頷き、思い切ったように部屋の中に足を踏み入れた。

無人の部屋の上座に、二曲一双の屏風が立て置かれている。

女たちは屏風の正面までそろりと足を進め、膝を折って一列に並んで座った。

しばらくは、誰も、何も言わなかった。口をきこうにもきけなかった。

屏風をはじめて目にした阿国や冴はむろん、何度も見ているみつでさえ、あらためて鳥肌が立つ思いがした。

二曲一双の金地屏風に描かれているのは鬼二匹――。

右隻に風神
左隻に雷神
黒雲にのって天空を踏み、いままさに地上に風を吹き降ろし、雷を投げ下ろさんとする鬼たちの姿だ。

宗達が死んだあと、仕事場に唯一残っていたのがこの屏風であった。

印はない。

宗達が後半生使っていた「對青軒」の印も、宗達が「俵屋」の優品に使うことを認めていた「伊年」の印も、屏風のどこをさがしても見当たらない。また「法橋宗達」とも「宗達法橋」とも、ただの「宗達」とさえ記されていない。

無印無署名の金屏風だ。

屏風絵が一双、仕事場に残されていると店の者に聞かされたとき、みつは最初、てっきり、覚定の注文品だろうと思った。醍醐寺から依頼された「舞楽図屏風」を納めたのは、宗達が亡くなる直前だ。もう一枚の屏風絵も、覚定の依頼と考えるのが自然だった。

ところが、覚定に伝えたところ、注文は舞楽図屏風一双、他の依頼はしていないという。

念のため、弔問に訪れた覚定に屏風絵を見せた。覚定は一瞥、あんぐりと口を開けた。呆然とした様子でゆるゆると首を振り、「あの噂は、ほんまやったんやなぁ」と独り言を呟いている。しばらくして、覚定はみつを振り返り、

——こんな屏風絵を、誰がよう注文しますかいな。

と、なぜか半笑い、打ちのめされた様子で言った。

覚定曰く。

屏風は本来、見て字のとおり「風屏《ふせ》ぎ」の品である。雷嫌いだった子供のころの覚定《じぶん》のように「雷避《よ》け」に使う場合もある。その屏風面に、よりにもよって風神や雷神を描いて欲しいなどという途方もない逆説を、いったいどこの誰が思いつくというのか？

「依頼主がもしあるとすれば、神か鬼でありましょうな。少なくとも自分のような凡俗、常人の注文品ではあり得ませぬ」

覚定は顎をひねり、心底感じ入ったように言った。

宗達が描いたから「風神雷神図」は屏風絵になった。

た。

宗達以前、「風神雷神図」を屏風に仕立てようなどとは、誰ひとり思いつかなかった。

逆ではない。

それは暴挙であり、革命であった。

この絵が描かれたことで一つの新しい世界が開かれた。それまでと、その後の世界の見方が変わったのだ。

ひととおり事情を説明したあとで、覚定はあらためてみつに向き直り、

――この屏風絵を醍醐寺に貸してほしい。

と申し出た。

今度の桜会の期間中、三宝院表書院に置いて寺の護《まも》りにしたいという。

「これだけの絵があったら、本物の風神も雷神も恥ずかしゅうてよう出てきやさしまへん。桜会のあいだの天気は保証されたようなもんどす」

覚定はそう言って、にこりと笑う。

宗達が遺した作品への敬意に満ちた言葉に、みつは無言で頭を下げた。

その屏風絵が、いま女たちの目の前にある。

二曲一双。

全面に金箔を押し、黒雲に乗る二匹の鬼の姿の間にたっぷりとした（金色の）余白がとられている。鬼たちの姿は軽やかだ。いまにも動きだし、屏風から抜け出てきそうな勢いで、見ているると、屏風のなかに風が吹いているのが確かに感じられる――。

宗達の「風神雷神図屏風」は、デザイン（扇）と物語（絵巻）との間のどちらかに墜ちる一歩手前、ぎりぎりの地点できわどく踏みとどまっている。「舞楽図屏風」の完璧な豪奢、それゆえに屏風絵内で完結している構図とは明らかに別のものを指向している。あたかも、完璧を希求した本阿弥光悦と、あえてきわどい場所でのバランスに固執した烏丸光広、二人の思いが宗達の作品のなかでせめぎ合っているかのようだ。

三人の女たちは息を呑み、我を忘れて屏風絵を眺めた。醍醐寺ご自慢の見事な庭には、誰ひとり目をむけることさえない――。

ふっ、

と、唐突に女たちのあいだから軽い笑い声があがった。

他の二人が目を瞬かせ、声がした方に顔を向けた。

笑ったのは、本阿弥光悦の娘・冴であった。

端整な顔に、ふだんきつい表情を浮かべているのがうそのように、冴は目元をゆるめ、唇の端に片手をあてて、なおも「ふふふっ」と声に出して笑っている。

わけがわからず、みつは阿国と顔を見合わせた。冴はやがて口元から手を離し、肩

から力を抜いて、

――あーあ、やっぱり鬼や。はじめから、そうやと思とったわ。

と、まるで小娘に戻ったような子供っぽい口調で独りごちた。

おに？

みつと阿国が、同時に訝しげに声をあげた。

冴は、屏風絵に描かれた鬼を一匹ずつ順番に指さし、

――お父様と、宗達どの。

それから、普段の彼女とは人がわりしたような気の抜けた表情で言葉をつづけた。

「最初に宗達どのがお父様に会いに来られたとき――あの頃は、たしかまだいいねんと名乗ってはったようどすけど――わたしは家の者に言われて客間に茶菓をもっていったんどす。わたしがまだ十二、三のころどした。

お父様と向かい合わせにすわった宗達どのを見た瞬間、わたしは危うく手にしたお盆を取り落とすところどした。本阿弥家は躾《しつけ》のごく厳しい家やさかい、そんなことはそれまでも、それからも一度もあらしまへん。あのとき、いっぺんきり。なんでそないなことになったんか、あとから家の者にさんざん訊《たん》ねられましたが、答えられやしまへんどした。なぜ言うて、あのときわたしの目には、宗達どのが鬼に――お父様を連れにきた鬼に見えたんどす。そんなこと、本阿弥の家で誰に言えますかいな。笑わ

れるだけどす」

冴はそう言ってくすりと笑い、また口を開いた。

「鬼を見たんは、そのときだけやおへん。次に鬼を見たんは、お父様が宗達どのと一緒に仕事をおしやすようになって、宗達どのが描いたあの鶴の絵巻が届いた日どした。絵巻を広げて、お父様はなんでかからからと笑いはりました。お父様があんなに楽しそうに笑うのを見たんは、生まれてはじめてどした。わたしも何や嬉しゅうなって……。そのときお父様は家に伝わる刀のぬぐいをしておしたんどすけど、手にしてはる刀をひょいと覗き見たら、そこに映ってはるお父様が鬼の顔をしてやったんどす。宗達どのとおんなじ鬼の顔――。それからわたしは、宗達どのが怖うてなりまへんどした。お父様をわたしの知らん場所、どこぞ遠い場所へ連れていってしまうんやないか。そう思うて、会うたびに警戒しとりました。怖うて、怖うて、なるたけ近づかんようしとりました。そやのに……。あれから長いことあって……二人ともどこへ行かはったんやろ思てたら、ここにおったんやなぁ」

常にない饒舌《じょうぜつ》で呟いた冴は、まるで子供にかえったような様子だった。あとは口を閉ざし、熱っぽい目でじっと屏風絵をみつめている。

みつは、冴の作り物のように端整な横顔を眺めて首をかしげた。

冴の唐突な一人語りは、みつにとっては正直、意味の分からぬ、不可解なものであった。

（鬼？　あのひとが……怖い？）

鬼というなら、みつの目にはむしろ烏丸光広こそが鬼に見えた。ちょうど宗達が屏風に描いているような、洒脱で滑稽な人ならざるもの。自在に天空を駆け回り、風を起こし、ひとの都合などおかまいなし、いたずら半分に雷太鼓を打ち鳴らす、迷惑な鬼だ。どこかに連れていったというなら、あのけったいなお公卿さんが宗達を連れていったにちがいない。俵屋の者たちはみな、ことに女たちは下女から娘二人にいたる誰もが光広の熱烈なファンだった。が、みつだけはずっと烏丸光広が苦手だった。かれを見るたびにぞっとした。いつか宗達をどこかに連れていってしまうのではないかと思って警戒していた。

そう思ってあらためて屏風を眺めれば、見れば見るほど、似ている。鬼の顔が、宗達を天空へとさし招く烏丸光広に見えてくる——。

阿国には。

はじめからこんなふうに見えていた。

最初に会ったときから、伊年（宗達）には二つの貌《かお》があった。

一つは、墨で描いたようなすらりとした眉、鼻も造作のはっきりした顔なのだが、どこか間の抜けた芒洋とした感じの否めない、京の町衆の若者の貌だ。

もう一つは、太いげじげじ眉、目の周りにぎょろりとした隈取《くまど》りがあり、黒々とした鼻の穴、耳が大きく、口は耳まで裂けるかと見え、口のまわりを覆うひげは顎の周囲にまで達した異形の者の貌だ。

最初に会ったとき、なぜかそのことに本人が気づいていないようだったので、おくには自分の目に映るまま筆で上書きしてやった。当人の顔の上にだ。それが〝滑稽な鬼〟に見えるか否かは、彼女の知ったことではなかった。

その後、宗達と名乗るようになった後で再会したときは〝良い顔〟になっていた。それが本当のかれの顔だった。

阿国の目には、宗達が遺した屛風絵はかれの自画像のように見える――。

阿国は思いついて、みつに訊ねた。

「この屛風、この後どないするおつもりなんどす？」

屛風は、桜会の期間中、醍醐寺に貸し出しているだけだという。依頼主の定かならぬ屛風だ。店に持ち帰っても、どうなるものでもあるまい。

「さあ、どないしましょか」

みつは曖昧に笑って応えた。

いまのところ、「俵屋」は〝京で一番の絵屋〟とうたわれ、繁盛を続けている。

己の死期が近いことを感じていたのか、宗達は先代から受け継いだ俵屋の身代を二年ほど前から時間をかけて、他の者に順に譲り渡してきた。

跡を継いだのは子供の頃から俵屋で働いている絵職人の一人で、宗達が絵の腕を見込んで、次女かえ（鹿栄）の婿養子として迎えた若者である。

草木図を得意とし、小品を好む傾向がある。気持ちのやさしい男で、かえとも仲睦まじくやっている。二人の間にまだ子はないが、大坂の商家に嫁に行った長女のたづ（多鶴）が、しょっちゅう姑と喧嘩しては、幼子の手をひいて里帰りしているのに比べればよほど幸せそうだ。

宗達はこの婿養子に己の絵手本をすべて譲り渡し、模写の仕方を丁寧に教えていた。自分が死んだあとは「法橋」の位も引き継ぐことができるよう関係各所に頭を下げてまわり、それですっかり安心した気になっていたようだ。だが、みつの目には、同じ絵手本から写した絵でも、宗達が描いた絵と他の者が模写したものでは、やはり何かが決定的に違っているように見える。

目の肥えたお客たちも、そのうち気づくはずだ。

取引先の多くは、宗達の扇や絵巻、屏風絵に魅せられて「俵屋」を贔屓《ひいき》にしてくれている者たちだ。かれらが離れていけば、今後は見世の数を減らすことになる。場合によっては宗達が遺した直筆絵を売りに出さなければならないだろう。

この「風神雷神図屏風」を含めての話だ。

けれど、いまはそんな先の話をしても仕方がない……。

阿国もみつの心中を察したのだろう、屏風にむきなおり、絵に目を細めて、何ごともなかったように微笑んだ。

「この鬼ら、なんや楽しそうやなぁ」冴が羨ましそうに言った。

「よう見たら、笑《わろ》とるわ」と、みつ。

「遊んどるようにしか見えへん」阿国が苦笑まじりに呟く。

「遊ぶんやったら、絵のなかだけにしてもらわんと、まわりがえろう迷惑する」

「ほんまや」

「えらい迷惑や」

女たちは声を合わせて笑った。

笑ったことで呪縛が解けたのだろう、女たちはようやく屏風絵から目を離し、三人同時に背後を振り返った。

表書院の正面は、醍醐寺三宝院ご自慢の見事な庭だ。

池には鯉が泳ぎ、築山に名木。視線を誘導する石組みの先に桜が咲いている。

風が吹き、池の面に桜の花びらが舞い落ちる。

目を上げれば、春霞《はるがすみ》たなびく春の青空に真昼の月が白く浮かんでいる。

舞楽を演じている舞台の方角から、楽の音が風の具合でとぎれとぎれに聞こえてくる。

女たちはしばらく、目を細め、耳をそばだてている様子であった。

「今日は、あれもこれもいっぺんに見たり聞いたりで……」

「頭のなかが、ぐちゃぐちゃや」

「なんや、まるであたしらが生きて来た時代みたいやなぁ」

女たちはそう言ってけらけらと笑う。

風がやみ、楽の音が途切れた。

それがきっかけのように、女たちはもう一度振り返り、それぞれが屏風に目を凝らした。

不意に訪れた静寂の中、そっとため息をつくような女の声が聞こえる。

——ほんま、ええ絵や。

本書は二〇一七年八月、小社より『風神雷神　雷の章』
として刊行されたものを改題し一部加筆いたしました。

|著者|柳 広司　1967年生まれ。2001年、『贋作「坊っちゃん」殺人事件』で第12回朝日新人文学賞を受賞。'09年『ジョーカー・ゲーム』で第30回吉川英治文学新人賞と第62回日本推理作家協会賞を受賞。著書に『新世界』『ザビエルの首』『ロマンス』『キング＆クイーン』『ナイト＆シャドウ』『怪談』『幻影城市』『象は忘れない』『二度読んだ本を三度読む』『太平洋食堂』『アンブレイカブル』などがある。

風神雷神《ふうじんらいじん》(下)
柳《やなぎ》 広司《こうじ》

講談社文庫
定価はカバーに
表示してあります

2021年3月12日第1刷発行

発行者──渡瀬昌彦
発行所──株式会社 講談社
東京都文京区音羽2-12-21　〒112-8001
電話 出版 (03) 5395-3510
販売 (03) 5395-5817
業務 (03) 5395-3615

デザイン─菊地信義
本文データ制作─講談社デジタル製作
印刷───大日本印刷株式会社
製本───大日本印刷株式会社

Printed in Japan

ISBN978-4-06-522187-7

講談社文庫刊行の辞

二十一世紀の到来を目睫に望みながら、われわれはいま、人類史上かつて例を見ない巨大な転換期をむかえようとしている。

世界も、日本も、激動の予兆に対する期待とおののきを内に蔵して、未知の時代に歩み入ろうとしている。このときにあたり、創業の人野間清治の「ナショナル・エデュケイター」への志を現代に甦らせようと意図して、われわれはここに古今の文芸作品はいうまでもなく、ひろく人文・社会・自然の諸科学から東西の名著を網羅する、新しい綜合文庫の発刊を決意した。

激動の転換期はまた断絶の時代である。われわれは戦後二十五年間の出版文化のありかたへの深い反省をこめて、この断絶の時代にあえて人間的な持続を求めようとする。いたずらに浮薄な商業主義のあだ花を追い求めることなく、長期にわたって良書に生命をあたえようとつとめるところにしか、今後の出版文化の真の繁栄はあり得ないと信じるからである。

同時にわれわれはこの綜合文庫の刊行を通じて、人文・社会・自然の諸科学が、結局人間の学にほかならないことを立証しようと願っている。かつて知識とは、「汝自身を知る」ことにつきていた。現代社会の瑣末な情報の氾濫のなかから、力強い知識の源泉を掘り起し、技術文明のただなかに、生きた人間の姿を復活させること。それこそわれわれの切なる希求である。

われわれは権威に盲従せず、俗流に媚びることなく、渾然一体となって日本の「草の根」をかたちづくる若く新しい世代の人々に、心をこめてこの新しい綜合文庫をおくり届けたい。それは知識の泉であるとともに感受性のふるさとであり、もっとも有機的に組織され、社会に開かれた万人のための大学をめざしている。大方の支援と協力を衷心より切望してやまない。

一九七一年七月

野間省一

柄谷行人

柄谷行人対話篇I 1970−83

デビュー以来、様々な領域で対話を繰り返し、思考を深化させた柄谷行人の対談集。第一弾は、吉本隆明、中村雄二郎、安岡章太郎、寺山修司、丸山圭三郎、森敦、中沢新一。

978-4-06-522856-2
かB18

柄谷行人・浅田 彰

柄谷行人浅田彰全対話

二〇世紀末、日本を代表する知性が思想、歴史、政治、経済、共同体、表現などの諸問題を自在に論じた記録――現代のさらなる混迷を予見した、奇跡の対話六篇。

978-4-06-517527-9
かB17

2020年12月15日現在